主编　凌翔　　　　　　　当代著名作家美文自选集

穿肠而过的温暖

范泽木　著

民主与建设出版社

·北京·

图书在版编目 (CIP) 数据

穿肠而过的温暖 / 范泽木著 . —北京：民主与建
设出版社，2019.12

ISBN 978-7-5139-2755-0

Ⅰ . ①穿… Ⅱ . ①范… Ⅲ . ①散文集－中国－当代
Ⅳ . ① I267

中国版本图书馆 CIP 数据核字（2019）第 248178 号

穿肠而过的温暖
CHUANCHANG ERGUO DE WENNUAN

出 版 人	李声笑	
著　　者	范泽木	
责任编辑	周佩芳	
封面设计	陈 姝	
出版发行	民主与建设出版社有限责任公司	
电　　话	（010）59417747　59419778	
社　　址	北京市海淀区西三环中路 10 号望海楼 E 座 7 层	
邮　　编	100142	
印　　刷	唐山楠萍印务有限公司	
版　　次	2020 年 1 月第 1 版	
印　　次	2020 年 1 月第 1 次印刷	
开　　本	710 毫米 ×1000 毫米　　1/16	
印　　张	13	
字　　数	200 千字	
书　　号	ISBN 978-7-5139-2755-0	
定　　价	49.80 元	

注：如有印、装质量问题，请与出版社联系。

目 录

第三辑　那些人，点点暖意在心间

第一辑　那些物，一次相逢一次暖

白杨

一

　　那一年，我在磐安和横店之间频繁奔波。汽车的四个轮子把 218 省道的磐安到横店的路段丈量了无数遍。

　　省道两边是高大挺拔的乔木，树身修长，叶子轻盈飘逸。在笔直的路段行驶时，两边的乔木一直延伸到目之所及处，只差纠缠成一个点。人有时是很奇怪的动物，习惯了一样东西的存在，却根本不会去关注它是什么，它为什么存在。

　　那天天气很热，阳光烤得路面升起阵阵白烟，天空蓝得呈现出深不可测的神秘感。偶尔有白云飘过，但都是匆匆掠过，仿佛赶场。开到将军殿路段，困意就一阵阵袭来。我把车停在将军殿入口处那一排乔木边上。乔木投下的阴影刚好盖住我的车，我摇下车窗，睡意仿佛一个大袋子，一咕噜把我装了进去。

睡了不到二十分钟就醒来了，耳旁车声喧哗，接着闯入耳朵的就是嘹亮的蝉鸣。我猜是从乔木上传来的，眼光傻愣愣地落在乔木的树身上。这些树的树皮说粗糙比不过松树，说细腻又比不上无患子。树皮呈白褐色，颇像洗了多次的牛仔裤。这是什么树？我第一次对路边的这些乔木起了疑问。

那时，我还不知道有个软件可以辨识植物，只能去请教对植物有研究的朋友。朋友说，218省道两边有很多是白杨树。对对，就是白杨树。我心里猛然一震，发出"果然是你"的感慨。仿佛命中注定似的，仿佛冥冥之中早有安排似的。

二

不知道为什么，知道它们是白杨后，我的心里仿佛踏实了许多。

我的目光自然更多地落在了白杨树上。如果树有个家族的话，白杨绝对算得上是男神。它的树身是标准的模特范儿，它的叶子轻舞飞扬，像20世纪末颇时髦的发型，风轻轻一吹就会随风舞动。能活成这样，于树而言很不容易，于人而言就更是如此。

有阳光的时候，白杨的枝干显得尤其白皙，像洗了牛奶浴，像敷了面膜。它的叶子更显轻快，风往东吹，叶子也跟着往东翩翩起舞，风往西吹，叶子自然就跟着往西摇摆。我想，凭它们的长相和乖巧潇洒，放在任何地方都受欢迎。

夏天的雨有时很泼辣、很狂野，没有和风细雨的铺垫，一来就是噼里啪啦的大雨点，接着就是类似雨点的批量生产，像泼下来，像倒下来。许多低矮的植物都畏畏缩缩，蜷缩在暴雨中，祈求大雨早点儿停歇。白杨却依然挺直身子，一副大义凛然的样子，让暴雨也拿它没办法。夏天的雨总是伴着巨大的风，风不知从哪个角落冒出来，也不知道是怎样的出场顺序，东拉西扯，让苍穹下的万物不知道该摆什么姿态。暴风雨中，总是可见植物的错乱，一下子往这边俯倒，一会儿又往那边仰弯，可谓苦不堪言。不过白杨倒挺镇定，它的下半身基本不动，上半身从容淡定地摇摆，一忽儿往这边摇，一忽儿往那边摆，不见有什么狼狈之处。也许是因为它站得直，也许是因为它站得稳，还是因为它站得高？这一切都不得而知。

三

去年夏天，东阳城郊的某个公司让我过去谈点事。我开着车火急火燎往那里赶，又路过 218 省道，又路过那密密匝匝、整整齐齐的白杨。

到了那儿，突然被告知对方公司的老总出去了，要两个小时后才能回来。我一时无聊，决定在公司附近逛逛。那里是城郊，目之所及都是工厂，没有街可以逛，没有书可以看，我只好沿着公司门口江边的泥路走。把一片厂房抛在身后，顿时觉得满目都是绿色。原来江边有一片白杨，大约有五六层楼那么高，它们沿着江一溜儿站过去，像防护林，也像护江的卫士。

那是下午两点钟左右，阳光毒辣得能把地上的枯草点燃，抬头望望，方圆之内几乎没有一朵白云。天地间与我为伴的，似乎只有这一片白杨。从我站着的地方看，右边是一条江，由于连日曝晒，水位降了不少，流水声孱弱了许多。前面是脚下的泥路，一直延伸到远方的田野中。左边就是这片高大伟岸的白杨，再左边是一望无际的田野。此刻，这片白杨似乎也如我这般寂寞。它们无言地望着江右边的厂房和民宅，望着左边的田野，偌大的空间内，没有伴侣。这深如江水的寂寞谁能懂？

空中有丝丝缕缕的微风，白杨树的叶子开始轻快地翻动，簌簌的声音仿佛天籁，也仿佛它们自我解闷的低语。人活一世，不知会遇见多少个无聊寂寞的片段，知己固然是倾诉愁苦的好通道，但总有一些际遇是需要自己消化的吧。

四

朋友告诉我白杨树后，我经常在脑海里搜索和白杨有关的画面。这个意象好比一块吸铁石，把记忆中有关白杨的片段都挑拣了出来。

对，屹立在那片田野里的，也是白杨树。每当我坐在靠右的窗户边，出神地望着远方时，那片白杨就会不期然映入我的眼帘。我像被浇了一桶水，浑身一震，快到家了。我方向感向来不好，对路的记忆多半停留在画面上。那片田野，那块巨大的岩石，岩石旁那一丛白杨树提醒我，快到家了。我顿时欢快起来，像成千上万只鸽子齐刷刷地离地而起。

那时我还不到二十，正在金华读大学。每当假期都是我归心似箭的日子，我坐上往家开的汽车，迫切等待着早点归家。汽车路过很多画面，例如排列整齐的小洋房，例如外墙上挂着十字的教堂，还例如浮着无数藕叶的荷塘。但都不如这丛白杨让我来得兴奋，因为只有它和家这个词画了等号。

我不知道有多少人像我一样，画面记忆大于其他记忆；不知道有多少人像我一样，对家怀着无比的眷恋；不知道有多少人像我一样，对这丛白杨树念念不忘。这些我都不知道，但我知道这丛白杨树已经在那里站了许多年，直到有一天垂垂老去，或者土地挪作它用。它一定目睹了许多位像我这样靠窗而坐的善感少年，抑或是步履匆匆奔波于生活的中年人，或者是老态龙钟、白发苍苍的老年人。

白杨树的世界比我看到的大，它目睹一群人老去，一群人成长。也目睹了一片地方的老去，一片地方的新生。世界风云变幻着，如同台风天气般风起云涌，但白杨树始终站在那儿。它在那里站成了一个世界。

那是一个山容万物、海纳百川的世界。

五

我依然在 218 省道上奔驰，从磐安到横店，从横店到磐安。路边的白杨树一年比一年长得高，似乎也一年比一年长得茂。

我始终相信，对一样事物倾注的感情越多，从它身上学到的也越多。

茶香飘进三月

　　春天又来了，家乡的人们又把希望和对生活的热情，密密地安排在三月的阳春里。

　　每到三月，家乡的茶叶在春雨的浇灌和春阳的沐浴下，像听了号召似的，把一个冬天的酝酿都释放出来，在旧的枝上，长出新嫩的芽。三月的人们是最饱满、最热情的。那时天气不冷也不热，人们身上的衣服不多也不少，室外的温度和被窝里一样让人觉得舒适。人们拽着夜的尾巴起床，沿着晨曦攀爬。

　　茶场在清晨时分开始热闹。所有人几乎都被安排到了茶树旁。有的人喜欢用竹编的篮子装茶叶，有的人喜欢用剪掉瓶颈的塑料瓶。不管用什么工具装茶叶，他们的手是一样的忙碌。一只手扶住茶树，另一只手在枝头翻飞。他们有共同的竞争对手，那就是时间。从来没有一个时节，可以让人们如此严阵以待地对付时间。如果可以，他们想把太阳撑住，不让太阳移动。

　　在这个时节，人们似乎连相互间的问候也显得奢侈。他们点个头，招个手，就把脚步放在通往茶场的小路上。每个人都那么步履匆匆，脚步间舍不得漏下半点时光。

他们的心情与采到茶叶的多少是成正比的，看着采到的茶叶越来越多，脸上的笑容也像上半月的月亮，越来越饱满。终于把眼睛盯花了，终于把头低酸了，终于把脚站麻了，他们才舍得放走一点时间，让全身从采茶叶中解脱出来。找个邻近的人问候一下，"采了多少茶叶了，茶叶越来越大啦，再不抓紧采就不值钱啦！"对方或正埋身于茶树间，或抬头回应一声。但过不多久，双双又沉入到茶树中去。

茶叶价格的走势是条斜坡，价格只会往下走，几乎从不会往上走。人们的紧迫感显而易见，明知价格过一天低一天，所以总想抓住当下的一天，就像冬天的傍晚，明知会越来越冷，所以不想轻易放走手心的阳光。他们深知茶篮里的茶叶就是结结实实的钱，又怎么舍得花时间去煮午饭呢？他们已经准备好干粮。在太阳当头时，把早上采的茶叶放到阴凉的地方，顺便坐在树阴下，把中饭解决妥当。一瓶牛奶，几包饼干，就是中餐的全部。吃罢，又往茶树赶去。

春天的雨总是说来就来。在雨的面前，人们没有什么办法。如果纯粹是避雨，他们当然会穿上雨衣，但被雨淋过的茶叶卖相不好，所以在雨来临时，他们只能暂时放下手头的活。

人们当然不会跑回家躲雨。他们早在采茶前就在茶场里搭了茅棚。整理出一块空地，架上几根木头，茅棚的木架就搭好了。再盖上塑料布或茅草，一个简易的棚子宣告完成。每一个茶场都布满各式各样的棚子，它们像点缀，又像某种精神的体现。这些棚子收留了雨中的人，让他们可以暂时放松神经。

他们也闲不住，拿出篮子，端详着自己采的茶叶，是不是采匀了，是不是混了杂物了。棚外的雨下个不停，一会儿笔直地落下，一会儿斜斜地刷着。人们眼巴巴地望着雨，把心里的无奈、忧愁和期盼一股脑儿抛向天空。等雨停了，阳光把茶树上的水收走，人们又倾巢出动。

购茶的人掐断了人们采茶的时间，他们在山脚叫唤，"收茶叶了，可以把茶叶送下来啦！"人们一边应着，手还在茶树上恋恋不舍地翻飞。再拖延一分钟，采到的茶叶不是又多了一些吗？这是他们纯朴的念想，也是整个三月的期盼。

"把茶叶送下来吧，再不来我们可走啦，我们还得赶回家炒茶叶呢。"这是购茶人最后的提醒。终于，所有人都涌向通往山脚的小径。人们的脚步塞满了小道，这是一条盛满希望的小道。

黄昏好像在犹豫要不要降临。人们没打算回家，去田间地头的茶树上采点茶，留着自家泡，不是很好吗？黑夜把所有人的眼睛蒙住，人们终于无奈地收了手。回家、烧饭、吃饭……把对生活的期盼、对生活的热情，压缩到一个短短的春夜里，安然地睡去，然后去开启新的希望和热忱。

这，是家乡春天的魅力。

蝉鸣响彻

　　每当回忆起故乡的夏天，首先闪现我脑海的，总是蝉鸣。离开故乡那么多年，夏天的许多细节早已被我忘却，我忘了哪棵树长着怎样的叶子，忘了哪个方向吹来的微风翻卷了哪片树叶，也忘记了哪棵树投下怎样浓郁的树阴，只记得故乡的蝉鸣交织在空中的情形。

　　一天中最早的蝉鸣始于破晓时分。那时，我往往睡意正浓，然而蝉鸣已经四起。我被蝉鸣唤醒，再也无法入睡。也正是这样，我得以更仔细地聆听故乡的蝉鸣。起初，蝉鸣只是丝丝缕缕，如同在试音。不久，蝉鸣进入状态，渐渐地愈来愈嘹亮，也愈来愈密集。我如同看见有波涛从遥远的地方滚滚而来。不久，我的周遭全是蝉鸣了，那声音如同一个细密的网，将我团团笼罩。我从不知道，蝉鸣可以如此声势浩大，以致覆盖了清晨所有的鸟鸣。也许蝉是在互飙嗓音，又或是在歌唱黎明，蝉鸣一波一波地涌来，大有万马奔腾之势。嘹亮的蝉鸣拉开了一天的序幕。

　　早饭过后，蝉鸣渐渐平息了，只有一些比较单调的还在继续。中午时分，蝉鸣再次热烈起来。这下，我有机会站在树林里全方位地感知蝉鸣。蝉鸣从树梢落下来，如山涧上的水源源不断地灌进我耳朵里。我的视线怎么也捕捉不到蝉的影子，只能任蝉鸣紧紧地将我包裹。蝉鸣过于密集，也过于嘹亮，以致让身在树林中的我几乎喘不过气。

风一起，蝉鸣便缥缈起来，时而落满我的肩膀，使我的耳膜发振；时而飘到半空中，像突然升腾起来的烟雾。蝉鸣密集时，我身上仿佛挂满风铃；蝉鸣稀疏时，我宛若看到傍晚时分袅袅飘过山顶的白云。

在许多个午后，我躺在屋子旁边的树林里，听蝉鸣源源不断地从树上落下来。虽然蝉鸣热烈得近乎疯狂，但细听起来还是清晰可辨的，有舒缓的主歌部分，也有优美的副歌部分；有激昂的高音，也有沉郁的低音。我总在蝉鸣里睡着，继而在蝉鸣中醒来，那是我记忆里最甜美的时光。

晚饭过后，是蝉鸣再一次热烈的时候。夜幕降临，天色变暗，蝉鸣次第从树林里启程。傍晚的蝉鸣没有那么热烈，柔柔的，似玩了一天的疲倦的孩子。此时的蝉鸣没有了凌晨时分的锐气，也没有了中午时分的肆意张扬，倒像成熟稳重的中年人。我总在饭后时分，托着脑袋坐在门槛上，听轻柔的蝉鸣在树林中交织。那感觉似在看退潮之后的海水，心境慢慢变得柔和、开阔。而事实上，此时的蝉鸣更像催眠曲，以温柔的曲调抚慰着劳作了一天的人们。

故乡的蝉鸣热烈、豪放，却又尽显温柔。每当念及故乡的夏天，就觉得周遭渐渐响起蝉鸣，身子仿佛轻了起来，渐渐浮于蝉鸣之上。历经多少时光，故乡的蝉鸣依旧那么嘹亮地响彻我耳旁。

初秋新雨

　　这是一个阴郁的秋天的傍晚，空中阴云密布。我的心情一如错乱而缠绕的水草。天上的云显然更黑了，我坐在门口，急切地等待一场雨的降临。

　　秋日的傍晚，雨前的风已经相当凛冽。有风经过的地方，枝叶起舞，有夏天的张扬，也有秋日的仓皇。看架势，这依然是夏日的阵雨，但空气中，分明已有秋日的落寞。

　　雷声照例从天边滚滚而来，乍听之下，宛如磨盘从头顶碾过。闪电不时地从天边劈下来，那么张牙舞爪，又那么雷厉风行。

　　我完全沉浸在天地的漩涡里，心中的烦闷如气球漏气般缓缓释放。

　　大雨来临的时候，天已完全黑暗。我看不清雨点的大小，也不知道雨幕的方向，只看到一大团一大团的黑影左右摇动。耳边传来雨水打击枝叶的声音，噼里啪啦，气势宏大。不难发现，这是一场大雨。屋外的一切，都在此刻成为了乐器，一瞬间如万鼓齐播，万琴齐鸣。

　　晚饭时分，空中的大雨一如既往。外公正在灯光下喝酒，一小口一小口地抿，外婆正在灶头收拾东西。这一切，在雨声中显得格外幽静、安详。

我听到雨点敲击玻璃的声音。灯光下，雨水在玻璃上爬出各种各样的弧线。

外公光着背，坐在门口纳凉。虽是初秋，他却依然摇着蒲扇。

此刻，大雨已过，只留余音。淅淅沥沥，瓦片上的雨声一如麻雀走过的沙沙声。

我匆匆上了楼，去捕捉一场大雨过后弥留的余韵。

我无法相信，天上的乌云，会如此迅速地撤退，也无法相信，月亮会如此快速地出现在空中。

天空已经澄澈，月亮正从东方的树梢上升起。空中，星光闪耀。而树丛中、屋檐上依然有雨水滴落。雨水的滴答声，在月光下此起彼伏。那悠远而空灵的声音，在夜空中传得很远，很远……

不知何时，虫鸣四起。幽幽的，低低的，似唱非唱，似吟非吟。

我躺在床上，左耳水声，右耳虫鸣。而心中的烦闷，早已烟消云散。

生活是一片浩大的海洋，但总有个港湾，能让你静静停靠。

淡蓝色的时光

　　学校食堂边的水杉树，又爬满绿意。我们行走在树下的脚步变得愈加匆匆，甚至连吃饭也变得越来越潦草。

　　每天晨读前，班主任总是适时出现，指着黑板右上角中考倒计时的天数，跟我们说："不要再浑浑噩噩了，拿出点读书的劲来，倒计时的天数从三位数到两位数，现在正飞快地往个位数奔。你们要有点压力啊。"

　　事实上我们早已不堪重负。早上六点起床晚上九点半上床，试卷一茬接着一茬，考试一场接着一场，每个老师恨不得把可怜的下课时间挤完。

　　中考倒计时四十天时，班主任作出一个决定："从本周开始，班里排名前十五的同学周日到学校补课，一律改成单休。"一声闷雷就这样毫无征兆地炸开。包括我在内的十五位同学"啊"地低呼了一声，脸色煞白。

　　"啊什么，老师们都放弃休息时间给你们补课，你们要好好珍惜。考上好学校，受益的是你自己。"班主任的训话水平随着离中考越来越近而愈发高明，我怀疑他是不是整天去搜罗训话大全之类的东西。

　　我们十五名同学暂时告别了双休生活。我们的作业并没因为单休而

014

减少，本该两天完成的作业如今压缩到一天的时间里。

周六晚上，写完作业的最后一个字，洗漱完毕倒头就睡。第二天起床的闹铃准时响起，但身体还因着往前的惯例贪睡不起。在闹铃响了三次后，终于从床上猛地坐起来。耳边不由飘过同学对于起床的经典论述"起床需要一鼓作气，绝不能犹犹豫豫，因为一犹豫就倒头睡回去了"。

到学校，买了两个包子一杯豆浆，趁着老师还没来，大家稀稀拉拉地趴在走廊上吃着早饭。夏天了，早晨不热，柔和的光线把初夏的新绿抹涂得格外柔和。要是能睡个懒觉，那该是多大的奢侈。

老师们激情澎湃，语文、数学、英语、科学轮番轰炸，文学常识、几何代数、语法单词、反应程序等内容一次次写在黑板上又被擦掉。

因为是补课，老师们也没有规定很严。中午学校食堂不开放，我们可以到校外吃，吃完可以不午睡。这样一来，午后就成为我们最惬意的时光。

校门口蹲着几个低矮的小饭店。如今想来，那就是我们最初下馆子的地方。点几盘蔬菜，大家 AA 制，吃着吃着脑袋里又蹦出些激情，于是提议，要不要奢侈点要一瓶雪碧。大家又从口袋里摸出钱，买了瓶雪碧。我们学着大人的样子干杯。懵懂的推杯换盏，像一缕清风，掠过我们初三最后生活的荒原。

吃饭完后，我和小 A 跑到食堂边的水杉林旁边。那儿有几棵石榴树。五月，石榴花开得正旺。我和小 A 爬上树，躺在一个类似臂弯的树桠上。阳光从娇羞的石榴叶间洒下来，斑斑驳驳地落在我们身上。刚喝下的雪碧的余味一阵阵涌出来，终于冲淡我们在题海里浸泡太久的压力。

这样的情形在此后的几个星期日一直重复，成为我们初三最后一段时间里最值得纪念的日子。

中考如期来临，走出考场，我们一个个如释重负。

后来，我们谈起初中生活，我总是想起这段时光，是淡淡的蓝色。也许在这段时间里，我们都是一根弹簧，被重压，然后发现自己可以弹得很高，并且突然觉得一身欢愉。人生最难忘的，无非是这样的时光。

忽然空荡的三合院

八岁之前，我一直住在外婆家的三合院里。那时，我们所住的三合院已经大不如前。东厢房只剩下钱老太一家，我外婆一家和沈阿姨一家住在西厢房。西厢房前有一棵粗壮的月月桂。有风的时候，屋子里便传来阵阵花香。外婆眯着眼睛说，桂花，好香啊。东厢房过来的阳光正落在她肩上，地上的影子被拉得老长。外婆招呼钱老太道，快过来闻闻，桂花的香味。

钱老太喜欢坐在门口，和外婆遥相呼应。大约早上八点多的光景，外公已经下田干活。外婆坐在屋檐下，一边缝补衣服一边向钱老太抱怨，你说男人的衣服是怎么回事，怎么每套都能穿出那么大的洞。

钱老太推了推眼镜说，可不是嘛，男人穿衣服，就是费。当时，年幼的我说，可能是他们长期干活的缘故吧。长大以后，我方才明白，那是多么幸福的唠叨。

一年中，总有那么几天，外婆是不用下地干活的。她要在家里缝补外公的衣服，要翻晒从地里收进来的谷子。等太阳升高，晒场上的露水变干的时候，外婆便带我去晒场上晒谷子。我总是迈着小步，一路撒欢。钱老太急急忙忙从门口赶来说，你倒是等等啊，我和你一起晒谷子。

钱老太总是给外婆送一些她家比较上前的菜，诸如南瓜、丝瓜、土豆之类。我外婆总是推辞着说，你总把好吃的东西留给我，我多不好意思。钱老太便故作生气，面带愠色地说，这么说来，我以后也不能到你家吃东西啦，昨天我还从你家拿番薯吃呢。外婆推辞不过，就把钱老太的篮子收下。她转身上了楼，往篮子里装满大米。这回，钱老太真的有些生气了，她说你当我来卖东西呢，你赶快把米拿回去。外婆说，怎能老白收你东西呀。不过，她最终还是把米倒回了米缸。钱老太这才高兴地迈出门口。

和外婆同住西厢房的沈阿姨则总往外婆家端菜。一旦她家炒了什么好吃的菜，她准往外婆家端。而外婆，总不忘在篮子里塞几个鸡蛋。

那些年，外婆总给我做好吃的。比如饺子、馄饨、粽子。每当这时，她总是嘱咐我，你快给钱老太和沈阿姨送去。我忙应着，脚步不迭地往门口迈。

八岁以前，我日日沐浴在这样的温馨里。直到上学，我回到镇里，这样的生活才日渐遥远。

后来，外婆家造了新房子。再后来，钱老太和沈阿姨也各自住进了新房。三合院里忽然变得无比空荡。只是我脑海里，总是不期然闪现出多年前，她们来来回回串门的样子。

记忆中的春笋

　　三月，我躺在床上，听雷声从屋顶上滚过。母亲说，明天准有笋尖往上冒了，于是，我一夜无眠。

　　第二天一早，我就扛着锄头往竹林里钻。这个时候挖笋最有意思，因为春笋总是和我进行着恶作剧的游戏。我细细寻找时，怎么也寻不到它。而正当我失望之极时，它却忽然跳进我的视线，于是，我的情绪马上又高涨起来。在挖笋的时间里，我的情绪就这样起起落落地波动着。也正因为这样，我对挖笋总是乐此不疲。

　　到了清明时分，所有的竹笋都往上冒了。我一放下书包就往竹林里钻。什么家庭作业、什么家务琐事，统统都被我推到脑外。这时，挖笋已经没有了未知和惊喜，但是看着愈来愈满的笋筐，心里又有了别样的充实感。

　　母亲说，瞧你小子，把这劲放到学习上就好了。说完狠狠地瞪了我一眼，但是机灵的我，还是捕捉到了责怪背后的满足和怜爱。

　　到了旺季，我们的嘴巴根本无法应付这么多笋，母亲就开始制作笋干。

在许多个夜晚，母亲都做着同样的事。春光里，灯光下，她铺好板砧，把笋切片煮熟，等第二天的阳光把它们晒干。白天，母亲需要将笋片一遍遍地翻晒。她乐呵呵地说，等到秋天没有新鲜菜了，我们就可以吃笋干啦。

母亲还会把笋制成卤菜，就是把笋切成片，然后放到咸菜水里煮。煮至一半，母亲总会拿筷子捞出几片放到嘴里咀嚼，做出美美的样子。

父亲趁机捞几片笋放在碗里，拿着一瓶二锅头溜走到户外的月光里去了。他让我给他搬来小桌子和小凳子。在自己享受的同时，他对我说，小子，你要不要来抿一口。我就乐颠颠地跑过去抿一口，没想到一股灼热马上从喉咙滑到肚子里。他看着我，哈哈大笑。

清明过后不久，村里就开始禁笋了，为的是让新一批竹子茁壮成长。

春天渐行渐远，时光如白驹过隙。唯有那些关于春笋的记忆，如同一壶温过的美酒，时刻温暖着我的心灵。

夹竹桃

一

在诸永高速，第一次识得夹竹桃。这种花之前已经见过多次，分红白两色，红的饱满，像女人的红唇；白的很纯净，像去壳的新鲜荔枝。但没有一次让我产生识别它的冲动。哪怕认识一种花，也完全需要因缘际遇。

上了高速，就不断有夹竹桃花涌入我的视线，红白两色有序间隔，似夜晚有序变幻的灯带，刺激着我。我以为它们会一闪而过，没想到一路蔓延，直到我下高速。驶出收费站，还能看见零星的夹竹桃，遂用手机拍下它，软件告诉我，它们是夹竹桃。

那个下午，有相当长一段时间，我的脑海被夹竹桃花占据。它们兀自绽放的情景，恰如女人倔强的侧脸，也如少年梗着的脖子。

几个小时后，我返程，走的依然是诸永高速。因为知道了它们的名字，心里便有别样的感觉，好比终于知晓了心仪者的大名，内心有说不出的踏实感和愉快感。

回程时太阳已经西落，红彤彤的落日宛如安在汽车的挡风玻璃上。在柔和的阳光下，夹竹桃花亦妩媚了许多，白得更加耀眼，红得更加惊艳。不久后，太阳西沉，夹竹桃艳丽了一会儿，便沉入夜色中。

二

几天后，我把拍到的夹竹桃照片传上朋友圈，并配了几个字——夏天之花。马上看到有人回复，夹竹桃的花有毒，只可远观不可动手喔。心下当时一怔，夹竹桃花有毒？闭上眼睛，脑海里的夹竹桃花又纷纷袭来，如红裙轻曼，如白纱轻盈。这么美的花，美得清丽，美得干净的花居然有毒？翻阅了一下资料，夹竹桃花果然会分泌毒物的。不知为什么，心里有一些失落，像一枚精致的硬币，缺了一个口。这么美的花，怎么能有毒呢？真是万事万物皆不可完美呵。

世上许多事，你遇见一次便会有第二次，在这里见过大约也会在别处碰面。那天晚上出去散步，到一小区门口时，远远地看见几株夹竹桃，有几株白的，有几株红的。我像见到老友，在小区的墙外呆呆望着。似乎有暗暗的香气传来，这香气若有似无，却又来得那么坚决，那么不由分说。

往回走的时候，不知道为什么，忽然想到了那些瑰丽却让人无法靠近的花，虞美人、曼陀罗、夜来香……它们美得近乎蛊惑，却含有巨毒。

心像在一个皱巴的地方被困住，然后陡然见到前方的豁口。回想起一位朋友在朋友圈里的评论：美的东西往往有毒，比如美女。美女有毒吗？有道是红颜祸水。当我们面对美的时候，往往痴迷沉醉。贪欲驱使，总想占有，想掠夺。此念一起，陷入美的漩涡，沉沦不可拔。说红颜祸水，是事后无力的感慨总结。我们正因不知其有毒，才会中了它的毒。而美女，也正因本身没有毒而中了自己的毒。这种毒是双方共筑的，不然怎有红颜薄命之说。美女的"毒"最后也毒了自己。

可夹竹桃的毒，恐怕是成全了自己。因为有毒，所以让人警醒，以使人只能赏其美而不可近其身。夹竹桃的美，也正因为其有毒，才得以保身，才能屹立。我们目睹了太多因美而哀的悲剧，目睹了太多美被蹂躏被把玩的悲哀。如此看来，夹竹桃倒很有一些智慧。因美而毒，因毒而美，似乎很有道理，且是天生的合理。

三

很长一段时间后，我又上了诸永高速。夏天的下午，阳光毒辣得放肆，空中的云朵大展拳脚，一忽儿是宏大壮硕的乌云，一会儿是白得耀眼的白云，一会儿又像被一只手拉扯得丝丝缕缕。

在几乎已经遗忘了夹竹桃花的情况下，穿过一个隧道，忽然又看见了夹竹桃花，猝不及防的，又是自然而然的。

奇怪的是，夹竹桃花居然开得一如既往。饱满，明丽，甚至是娇艳欲滴。

我疑心花落花又开，可一看路边，并没有残花。也就是说，花一直不曾落？

身处江南，我看过许多花，春天的桃花、梨花、茉莉花，迎春花、兰花、杜鹃花，初夏的向日葵花，盛夏的荷花。花虽明艳，却总是来去匆匆，说不上昙花一现，也是转眼就其迹不可寻。夹竹桃花能持续这么久，着实让我吃惊。

那天晚上，我又开始翻阅夹竹桃的资料。夹竹桃的花期几乎贯穿整个夏季和秋季，花期长达半年。又得知夹竹桃是环保卫士，吸收灰尘、雾霾的能力很强。如此，就不奇怪路边经常看到夹竹桃了，也不奇怪小区里总有几株夹竹桃出现了。

对它的好感又大增。夹竹桃花果然是有"毒"的，它以毒为土，绽放出艳丽之美、清纯之美。它的毒成为美的注解，它的毒是燃烧自己的心。恐怕也只有毒，才能把美发挥得娇艳蛊惑，把美发挥得淋漓尽致，亦把美发挥得持之以恒。

接地气的丝瓜

暮春时节，外公在老屋院角撒下几粒丝瓜籽。我觉得他对丝瓜籽的态度太草率，便问他："你这么随意撒下它们，它会发芽？"

外公说："不信你等着瞧，它可不像别的植物那么金贵。"

外公的话在几天后应验。那天早上，我心血来潮到墙脚看丝瓜籽，发现它们已经发芽了。总共三棵幼苗，虽然刚冒出地面，但胖胖的，憨憨的，很有生机。

接着，丝瓜苗的芽渐渐变得修长，茎慢慢变长，丝瓜苗一天一个样，仿佛有使不完的劲。

等丝瓜苗长出触须，外公便拿来三根细竹插在每一棵幼苗旁边。丝瓜苗方向感很好，很快就找到了各自的安身之处，并使劲往上攀援。外公又把三根竹子拢起来，在上头扎了个结。三棵丝瓜苗很快便在结绳处碰头了。

没想到，外公随意撒下的几颗丝瓜籽，在院角处撑起一片绿荫。到初夏时分，丝瓜已经有了粗壮的茎，它们互相缠绕，往高处爬，触须已经伸向墙外，大大的叶子挨挨挤挤的，从地面一直铺到墙头。

我不禁感慨，丝瓜真是接地气的植物，从不挑地方，简直是随遇而安最好的写照。无论你把它种在水塘边，垃圾堆里，砂石路边，它都能给你一个惊喜。

　　我没见外公给丝瓜藤施肥浇水，但它们不抱怨，自力更生，一个劲儿生长，结出累累硕果。到了仲夏时节，丝瓜藤上结出成群结队的丝瓜。外婆便只管收割。早晨，外婆拿了把剪刀，把沾着露水的嫩嫩的丝瓜一个个放到篮子里，到中午就是一道美食。

　　丝瓜的做法很简单，去了皮，切成条，放到水里煮一煮就是一道美味的丝瓜汤。要是加点豆腐，那菜的色彩就更丰富。

　　看到面前的丝瓜豆腐汤，人们总是先挑豆腐吃。豆腐滑滑的，嫩嫩的，吃起来别有一番风味。人们直言这豆腐好吃，却不想，这豆腐是掺了丝瓜的味道。等豆腐吃完了，人们才像突然记起丝瓜似的去夹丝瓜。细嚼几口，陡然发现丝瓜嫩中带糙，清爽滑口，和豆腐相比，口感不相上下，甚至更胜一筹。

　　丝瓜豆腐汤，汤属压轴好戏，它油而不腻，有鲜味、有甜味，还有一股说不清道不明的香味。丝瓜最精华的味道，怕是都落在汤里了。我对汤赞不绝口，并且百吃不厌，有时光是丝瓜汤拌饭，就能吃掉好几碗。丝瓜并不是喜欢出风头的植物，它把耀眼的东西留给别人，却留下余味无限。

　　整个夏天，丝瓜都在孜孜不倦地结。直到初秋，丝瓜仍然在努力地拼尽最后一口气。

　　深秋，丝瓜叶变黄，一片一片落在地上。但也有许多是不落的，它们直到浑身枯黄，还扒在瓜藤上。早上，外婆失落地喃喃，这丝瓜藤到底是枯萎了，丝瓜真是很好的蔬菜。突然她眼前一亮，说道，哟，居然还有一根丝瓜。说完，站到凳子上，用剪刀把丝瓜剪了下来。

　　外婆充满仪式感地把丝瓜去了皮，做了这一年最后一道丝瓜豆腐汤。

锦鸡儿

　　我对家乡春天的惦记，很大程度来自锦鸡儿。锦鸡儿不是一种鸡，而是一种开花的植物。

　　锦鸡儿就在屋旁的山坡上，怯生生地长在竹林边。树大概有两三丛，虽然是低矮的灌木，却也因为紧紧挨着，而变成一团风景。特别是锦鸡儿花开放的日子。

　　锦鸡儿花不大，也不算美，但黄灿灿的，很惹眼，就像空地上突然掉落一枚松果。花开得很密，一朵一朵的黄，从树的腰部开始，一直爬到枝头，把能占的地方全部占据。远远看去，就像画家随意挥上去的黄，却又恰到好处，仿佛随便摘掉一朵都是一种毁灭。

　　但年少时，我才不管那么多，满足味蕾才是硬道理。

　　黄昏时分，天边的云彩把天空染得像锦鸡儿花一样艳丽。我挎个篮子奔往锦鸡儿丛。花太多了，把我的目光和手指搞得措手不及。把一朵又一朵花采进篮子，树上的嫩黄一点一点地减少。篮子里花的多少和我心里的兴奋是成正比的，每采一朵，我心里的快乐就增长一分。

外婆说，要把开好的花采下来，把未开完的花留着。我采掉一批花，留下一批还未开放的，把篮子拎回家，静待一场甜蜜而鲜嫩的大餐。那时的快乐来得真简单。

外婆摘掉锦鸡儿花的柄，把花洗净，花的脸蛋又艳了几分。外婆已经把刚做的豆腐切成一块一块了，它们是锦鸡儿花最好的佐料。等水烧沸，外婆把锦鸡儿花放入汤中，再放入豆腐。为了美味，外婆往往还会加入一些腊肉。花、豆腐和腊肉，在沸水中开出另一种图案。

我所有的甜蜜、期待、兴奋，在菜出锅时鼓到极点。外婆端出一锅汤，黄色、白色、红棕色，在汤里柔和成美丽的图景。菜汤里有甜、有嫩、有香，它们一股脑儿钻进我肚子，换来我止不住的欢欣雀跃。这种晚餐，往往是我童年中最难忘的。

剩在树上的那一批，在几天后又成为我的欣喜。有时，外公和外婆也会和我一起采锦鸡儿花。黄昏时分，他们最惬意，一天的繁重农活暂时告一段落，第二天的农活还未开启。夜幕还没降临，他们像在水里潜了好久的人，终于可以出水透一口气。

他们的这段时光是轻盈而甜蜜的。外公的脸上挂着笑，外婆的脚上带着欢喜。其实褪去生活的沉重，他们和我一样，内心有些小调皮。他们居然还会在采花时打打闹闹，像两只不安分的蝴蝶。他们的这种快乐，是我很少见的，就像很少开花的植物，突然间绽出几朵花，叫人在惊叹的同时，多几分感动。

后来，我离开家乡后，每到春天，就分外想念家乡的锦鸡儿。外公和外婆仿佛也深知我的想念，每逢花开便给我打电话。在电话线里，那一丛锦鸡儿花又开得很旺。于是，放下工作，回家采一次锦鸡儿花。

小山坡上的竹林日渐茂盛，甚至要把锦鸡儿驱逐出境，但锦鸡儿的花还是兀自开放。在嫩绿的叶丛中，耀眼的黄，一串串缀着。我挎着篮子，目光和手在花丛中忙个不停。年少时的快乐卷土重来，爬进篮子，爬进我心里。每到锦鸡儿的树旁，我的心就像感应门一样自动打开。来自锦鸡儿枝头的快乐，渐渐在我心里堆成一座塔，形成一个湖。

篮子里的花渐渐多了，快乐也水涨船高。

外婆从我手里接过篮子，把花的柄摘掉，把花用水洗净，像我年少时的许多个春天的傍晚一样，她用锦鸡儿的花、鲜嫩的豆腐、腊肉，煮出一锅属于我们的盛宴。

外公现在的活少了，外婆由于身体不太好，常年在家休息。如今，他们的时光走得很慢，吃饭也更加从容。外婆在灶旁忙碌，外公已经拿出陈年老酒摆上桌。年少时，我的快乐单纯来自这盘菜，如今，我的幸福来自外公的酒和这道菜。

把酒一口一口喝进肚子，把菜一口一口咽下。菜还是原来的味道，所以快乐也轻车熟路地找到了我。

外公外婆都苍老了许多，白发毫无顾忌地占领头顶，皱纹毫不犹豫地加深，手脚也不知觉地发抖。好像只有锦鸡儿，依然心无城府地长着，几年如一日地发散着本来的汁味。多年前，他们吃着锦鸡儿，感受着的或许是放下农活的闲适。如今，他们吃着锦鸡儿，感受着的是我归来的幸福吗？我不得而知。

我回城时，他们采了许多锦鸡儿的花，还给我切了一大块腊肉。他们不会陪着我走，但他们的一部分会一直陪着我。

我挥手告别外公外婆，也告别了那一丛锦鸡儿。

陪伴我的那些书

回忆我年少时贫瘠的读书时光，仿佛端详一盏摇摇欲坠的灯。

我看的第一本课外书是一本作文选。初三时，语文老师说："快中考了，你们的作文能力实在不敢恭维，你们好歹也买本作文书看看吧。"大家这才恍然大悟，仿佛刚刚认识了一个新名词。不久后，班里出现了第一本作文选，封面是红色的，很鲜艳，初中生作文选这几个字是黑色的，粗壮有力，堪比砖块。

大家都很新奇地凑上去看，但都被书的主人挡开了。那时，我们都还处在喜欢收割羡慕眼光的年纪。

我也很快拥有了一本作文选，也是初中生作文选。大家几乎都买了同一本书。语文老师说："你们就傻到这个程度吗？每个人买不同的书，大家不是可以交换着看吗？"他双手支撑着讲台，顿了顿说："也好，你们买的书一样，我可以照着上课了。"

我依稀记得那本作文书分为议论文、记叙文两大部分。那些作文取材和构思都很新颖，语言优美老练，让我在惊喜之余又觉得有些措手不及。这些密密麻麻的铅字是同龄人的手笔，这种感觉既遥远又亲近。我的认知世界被突然间打开，用现在流行的网络语来说就是"脑洞大开"。看了作文书，我发现世界很大，我开始把视线放到校外哪怕是县外省外的同龄人身上。此后每次写作文，我都会设想，如果让他们来写，会怎样？他们会写怎样的事情，会用怎样的语言来表达。以前我的"敌人"是同班或者同年级的同学，现在，我的"敌人"是全国各地的同龄者了。于是，我每次都要求自己要写好一些，写精彩一些。我想，这是第一本课外书给我的影响。

初三的那个寒假，我在家里看到了《大盘山英雄传》系列，共三本。这套书是当地的一位作家写的，写的是发生在家乡的斗争故事，所以我格外有兴趣。原来家乡可以被写进书里，原来家乡这片土地上曾经发生过这么多故事。书中事情发生的地点我都熟悉，有一个章节里甚至还写到了我附近的村庄，我激动得无以言表，像尝到蜂蜜的熊，陶醉其中。我不到三天时间就把那套书读完了。此后我进入了一种神经质状态，脑海里时不时会浮现出书里的情节和画面，并常常让我莫名其妙的兴奋。

一本好书的魅力，往往是让人沉浸在书中的情境里无法抽身，并且急于在下一本书里找到同样的感觉。那个寒假，是我阅读课外书的开始。我向舅舅向亲戚邻居借了好多本书，大部分是武侠小说，也有一些民间故事集。那种阅读的感觉只能用久旱逢甘霖来形容，就像本来荒芜的土地突然间长满了庄稼，也像本来空无一物的白纸被突然间填上了许多色彩。

我爱上读散文是十八九岁时候的事。当时我已经在离家挺远的一所大专学校里念书了。那所学校不比一般的高中，空闲时间相对比较多，于是我常到图书馆借书。我读的散文篇幅不长，但都语言优美，读来很是享受。那些令我心动的句子，我读了又读，甚至经常作为QQ的个性签名。那是一段属于感性阅读的时间，我沉浸在不同的意境里，沐浴着不同风格的语言。我想，那时，我的心大概像早春的土地，潮湿又柔软。

此后相当长一段时间，我偏爱读散文和短篇小说，特别是语言优美且有个性的。对鸿篇巨著和历史哲学社科类的书籍一概拒绝。这样的阅读当然是狭隘的，但当时我并没意识到这一点。

这样的情况在我大学毕业后有所好转。因为工作需要，经常要读一些理论书，久而久之，居然觉得理论书籍也富有魅力，它更多体现出思想之美和理性之美。有了这样的体验后，阅读面就广了起来。后来，陆陆续续阅读了各大书单上常见的书目，对"大部头"和历史、哲学、社科类书籍的热情大大增加。于我而言，读"大部头"的妙趣在于体会生活画卷的波澜壮阔，体会人物性格在书中的变化，体会作者对人物的精心雕刻，体会书中人物在生活中的小小情趣。而读其他门类的书，则有助于增强思维的广度。

如今，阅读的书越来越多，门类也越来越广。

张潮说：少年读书，如隙中窥月；中年读书，如庭中望月；老年读书，如台上玩月。皆以阅历之浅深，为所得之浅深耳。

的确如此，不同时段，陪伴你的书不同，你从书中体悟到的东西也不同。可以肯定的是，每个阶段遇到的书，或许都是你的知心朋友、启蒙导师。

在乌石村遇到的深秋

到达磐安县尖山镇乌石村是在下午，深秋的太阳把整个村庄烘得暖暖的，落在身上的每一寸阳光都温柔得恰到好处。

在村后的一片树林里驻足，眺望整个村庄，只见高高矮矮的屋顶像声波频率图一般错落有致。近山带着斑斓的色彩，有红有黄也有青，远山则把色彩模糊成了色块。脚下铺满松针和枫叶，空中有风徐徐经过，我猛然觉得整个人都被秋的气息所包围。秋天在这个午后打开我身上所有能感知的门，于是一瞬间我身上全是秋的味道。

阳光一点点移动，巨大的香枫树的影子也像虫子一样慢慢挪着。

我这才注意到眼前这几棵长了好几百年的香枫树。它们长得茂盛，满树的叶子像挑染过一般，呈现出或青或黄或红的颜色。太阳已略偏西，每一片叶子都被照得透亮。季节不断给树叶上色，树叶呈现出此时独有的风华。

香枫树在每个季节都有不同的精彩，春的勃发，夏的热烈，秋的绚丽。如果我是一棵与之对望的树，便能捕捉到它一年的波澜壮阔，但此时能一睹它巅峰的芳华，也算略补遗憾。

树叶在风中簌簌摩挲，犹如低语。阳光在树叶上跳跃，并反射出温柔的亮光。我仿佛置身在波光粼粼的湖边，一下子心如静水。叫人安静的从来不是彪悍的蛮力，而是温柔的层层抚慰。

香枫林的左边是一块异常平整的经过修整的草坪。在深秋时节，草坪早已失去绿意，变成安静寂寥的黄。草坪上有 Y 型的用鹅卵石铺就的小径，整个画面一如简单、静谧的乡村工笔画。

有人在草坪上收番薯粉。他们把摊在草坪上的塑料布的四个角拢起来，把积成一堆的番薯粉一斗斗地装进蛇皮袋。他们有说有笑，空气里回荡着的欢声笑语，把我记忆里的画面一帧帧地拉出来。同一类型的农事，在不同的季节背景里，呈现出不同的意境。春季的朝气，夏季的火热，秋季的唯美。

草坪的中间有两块巨大的岩石，大约可以躺十几个人。我一躺下，毛茸茸的阳光便迫不及待地覆盖上来。我几欲沉醉在这里不可自拔。草坪边上有两个秋千架，几位远道而来的朋友正乐不可支地荡着秋千。他们的笑声一朵一朵传进我耳朵，摇动我心里一些沉默已久的东西。忽然觉得，一切都很好，就好像一直都处在美妙的秋光里。

在夕阳快架在山坡上时，我终于起身，走进村子。我已来过村里两次，一次和家人，一次和朋友，这两次因为太欢闹和太嘈杂，束缚住我感知的触角。这次刚好，一个人，既不欢闹也不苦恼。在村子的小径上行走，乌石砌成的墙，浅黄色的瓦片，都散发着秋的气息。我走过一个又一个屋檐投下的阴影，绕过一个又一个柔和的墙角，走进一个又一个院落，心里充满上蹿下跳的欢乐。篱笆边有鸡在觅食，墙脚有狗在打盹，院子里有人在谈话。

走了许久，在黄昏来临前出了村子。深秋的一天，离我遥遥而去。

我从来没有像那天这样感受过乌石村的一切，是因为我没有一次像那天这样放下所有。我在乌石村遇到的深秋，或许正是大家辜负的。

枣树的旅程

初夏，在百花凋零后，枣树终于慢吞吞地抽新吐绿。叶子长了，花也开了。枣树的长叶与开花比其他植物更干脆直爽，不似桃花、梨花那般欲说还休，倒像一位阅历丰富的知性女人，淡然、从容。

不多久，叶子就绿成一片。枣树的花是白色的，只有米粒大小，总被绿叶掩盖，若不是嗡嗡的蜂鸣提醒，你会认为枣树只长叶不开花。枣树不把开花当回事。不多久，叶子挤满枝头，花期过了，枣树便马上结出青涩的枣。

看到枣树，我想到外婆。每逢家里人过生日，她总不忘煮一碗白花花的面，外加两个黄灿灿的煎蛋，但轮到自己过生日，外婆却不声不响，就算我们执意要让她烧点好吃的，她也会婉拒。

外婆家的枣树就长在门口的沙地上。说是沙地，真实是砂石堆。那地不适合种任何菜，也不适合种农作物，但外公又不想让地空着，于是栽了一株枣树。他当时只想填补空地，不曾想枣树越长越大，越长越茂盛，到最后树干有脸盆口大小了。

几年来，枣树像个一丝不苟的军人，长得挺拔端庄。有一年，家乡遭遇了罕见的台风。一夜过后，村里不少人家墙倾楣摧，玉米、大豆什么的都乖乖伏地，桃树有的拦腰折断，有的连根拔起，梨树有倒地不起的，有一分为二的。万幸，枣树还是完好无损，只是因与台风过行了一夜的拉锯战，失去了往日的挺拔和端庄，显出一些狼狈来。本来站着的枣树，经过台风的肆虐，像老年人似的倾卧着了。

　　这已经很让人满意了，外公这么说时，心里有一些后悔，大抵是悔恨自己当时不该这么不认真地栽下它。

　　我和外公都没想到，几年后，枣树又慢慢恢复原形，于不知不觉间又站得挺拔了。对此，外公说了一句颇为文绉绉的话"一心想站好的树，它受不了倾斜的姿态。"

　　最快乐的当然是打枣子。在《平凡的世界》里，打枣子是盛况空前的事，全村老小一齐出动，坪子上热闹非凡。我的家乡不盛产枣子，但打枣子无疑是我家最快乐的事之一。

　　"打枣啦！"外婆在某个天气晴好的午后说。于是她和外公拿着被单，早早在树下等候。我爬上树，卖力摇动树枝。成熟的枣子迫不及待往被单上掉，但总有一些倔强的枣子在树梢不愿下来，我只能拿来竹竿强攻。一时间，枣子都抛却矜持，一股脑儿往下掉，像活蹦乱跳的鱼儿。

　　枣子不会按部就班地掉到被单上，它们更喜欢钻到草丛中。于是，在把它们从树上赶下来后，还要把走失的一部分请到篮子里。这是快乐的时光，外公外婆脸上笑容灿烂，虽然落下农活，但也是毫无怨言的。

　　他们在过足嘴瘾后，会把红枣煮熟，放到秋阳下晒干，备着以后吃。逢年过节，外公会给亲朋好友送红枣，这让外公外婆沾光不少。

　　我想，外公当年随手栽下枣苗时，不会想到多年后有这么一天。

　　我说，你这是无心插柳柳成荫，外公说，那也该看我插的是什么，如果是百合、玫瑰肯定不行。

我工作后，很少到外公家打枣子。去年，我特意请假回了一趟家。老远的，我就看到了枣树，它像一位久违的亲友，在远远地招呼我。阳光下，火红的枣子挤满枝头。好几年不见，枣树又长高了不少。我仿佛看到它庞大的根系正向四处扩张，延伸至我的脚底，继而爬上我身躯。我呆呆地看着，脑海里恍惚浮现出它成长的过程。

　　我知道等我们打完枣子，过不了多久，它又会甩掉树叶，开始自己的寂寞旅程。它总是这样，用长时间的沉默，给人一刹那的惊喜。

第二辑　那些事，旧时不知它的暖

春夜

　　没有一个季节的雨，比春天的更令我热爱。"好雨知时节，当春乃发生。随风潜入夜，润物细无声。"我知道这首诗已有多年，然而少时只知苦背，一直不曾知晓春雨原来如此千娇百媚。

　　在我所在的南方，春天是个多雨的季节，雨水总在晚上亲吻我家的屋檐，在清晨时分恋恋不舍地离去，如同一个偷偷约会的小伙子。夜幕降临时分，天空中还余晖寥寥，全然没有春雨来临的迹象。然而等我吃过晚饭，屋顶上已雨声点点。春雨是个顽皮的孩子，它借着夜色的掩护，偷偷潜伏在屋子附近，等人们吃完晚饭，便往屋顶上爬。

　　我似乎与春雨有不解之缘，心情总在春夜的雨来临时分雀跃。此时，我最想做的事，就是搬条凳子，坐到窗口，聆听春雨落在瓦片上那如同鼓点般的声音。我真庆幸，自己的年少时光曾与青砖黑瓦的老屋绑在一起。这让我有机会聆听那清脆而温柔的春雨声。

　　起始，雨是稀疏的，鼓点也是间歇性的。然而，远处的雨很快就赶到了屋顶，雨很快密集起来，鼓点声也随之织成一张细密的网。密集的雨声，将春天的夜晚层层包围。身在窗口的我，只觉屋顶上万鼓齐擂。然而，春雨没有寒意，我不需要缩紧身子，反而可以顺其自然地让每个细胞都享受春雨带来的温柔与清新。我身边温暖而湿润的空气，早已透过我的毛孔，在我心里汇成一汪碧绿的春水。

倘若过了惊蛰，春雨便不会那么孤单。雨中夹杂着的雷声，如磨盘一般从空中滚过，从这头到那头，又从那头到另一头。这是睽违一个冬季的雷声，它的到来让我感动又顿觉亲切，这感觉如同我见到早春的第一只燕子。夏天的雷声是严父，春天的雷声是慈母，它不忍打扰万物的清梦，但又忍不住轻声细语地呼唤。

当然，我更喜欢的是躺在床上，聆听雨点击打树叶的声音。刚长出来的树叶，让雨点的降落变得不那么徒劳。嫩叶与春雨一起，为我带来一场美妙而空灵的演奏。响亮而猛烈的"叭叭"声，不卑不亢的"嗒嗒"声，轻柔缠绵的"沙沙"声，为春夜的万物带来一场绝无仅有的天籁。我总在雨声里，想起原野上的桃花、杏花、梨花、茉莉花，想象它们被春雨笼罩的样子，内心欢快而明媚。

仅仅是春雨，已让我在春天有享之不尽的美妙，更别说晴朗的夜晚里悦耳的虫鸣，热烈的蛙鸣，破晓时丰富多腔的鸟鸣。

在春天，大地总是管不住昆虫的嘴。它捂住了这张嘴，那张嘴开唱了，捂住了那张嘴，另一张又有机可趁了。它顾得了这头，管不了那头，顾得了草丛边，管不了池塘边，顾得了田间的，管不了地头的。所以，在每一个晴朗的春夜，虫鸣总是散落在大地的任一处，草丛里、小河旁、池塘边、田埂上……那时而低沉，时而高亢的虫鸣，瓦解着每一缕寒意，温暖着每一寸土地。

相比之下，蛙鸣单调得多，但那一波接着一波的鸣叫却将春天推向了深处。它们唱尽，黑夜便踽踽离去了。所有的鸟鸣似乎都在迎接黎明的到来，山雀的、黄莺的、画眉的……我想，正是它们，提醒我冬的离去，春的到来；正是它们，将我在深冬时内心结成的冰，融化成一汪汪温暖的春水。

春夜，是一个被暗色掩盖的舞台。但这并不妨碍舞台上的千娇百媚与热闹非凡。

风筝上的流年

　　我关于风筝的时光，已经沉默好久了。在将近三十岁时，再一次牵起风筝的线。

　　风筝是在一个学校旁边的店里买的，现成的，方便，只是少了制作的快乐。

　　拿着风筝，脚步在回忆里浮浮沉沉，终于找到一块空旷的地方。已经飘着许多风筝了，卡通形象的，动物形象的，还有规规矩矩的传统形象的，风筝的样式还是记忆里的那些。

　　一手拿着线轮，一手牵着风筝，试探风的方向。其实，风筝是风的精灵。幸运的风筝敏锐地感受到了风，并识别出风的方向，趁着一阵稍微猛烈的风扶摇直上。而很多风筝因为总是错过一阵关键的风，一直在地上跌跌撞撞。

　　风来了，吹得我的头发东倒西歪，也吹得我手中的风筝鼓鼓的。风筝蹿了上去，一副迫不及待的样子。任何事几乎都如此，一旦得势就火急火燎。

趁着这股风，我把手中的线哗啦哗啦放了出去，风筝越来越高。然后，我往风筝的方向走了许多步，以防等下没风了无路可退。风筝在不停地往上蹿，手中的线紧绷绷的，像蕴藏着无限力量。我把放线的速度加快了一些，风筝就像醉了酒似的坠下来一些。我把线收一收，风筝像得到命令似的又往上升。

许多风筝升起来了，也有更多风筝一直在地面徘徊。把一个风筝放上天，需要一定的运气。运气好的风筝觉得飞很简单，运气不好的只能把飞当作梦想。

我感觉不到风了，但风筝还是坚定地飘在空中。也许处在它的高度，风会不请自来。而在地上时，风就是风筝的生命和希望，每一个风筝都在苦苦哀求风的到来。

我决定把风筝收下来。慢慢拽着手中的线，可它像个倔强的小孩。我只好顺着它的脾气，收一会，停一会。这和哗啦哗啦放线时的恣意决然不同，后者洒脱开放，前者却克制压抑。收总是比放难。

托着风筝往家里走，突然发现从小到大，这是我为数不多的把风筝放起来的一次。

那时，快乐还很纯粹，那时，风筝还是生产快乐的工具。农历二月像一个闹钟，提醒风筝往空中蹿。

我们周五放学，便拿来篾条和纸，开始糊风筝。用篾条和线绑成一个王字，绑成一个干字，绑成一个田字，再糊上纸，风筝已经成型。然后给风筝糊上尾巴。听大人说，尾巴太轻，风筝容易翻跟斗，尾巴太重又不容易起飞。所以我们在贴尾巴和拆尾巴间来来回回忙个不停。说不上这有什么乐趣，但快乐一直洋溢其间。

风筝糊好，我们等待周六的到来。到了周六，我们拿着自制的风筝，每个人脸上威风凛凛的神情就像复写纸写出来一样。每个人都有一个念想，就是把自己的风筝往高处放。我们拖着风筝，在草地上漫无目的地跑起来，每一次奔跑都被我们寄予厚望。

　　但风筝是不解人意的，在我们脚步翩翩时，它们象征性地在空中飞一会儿，等我们的脚步停下，它们又坠回地面。我们的快乐渐渐从放风筝转移到拖着风筝奔跑。其实很多人都知道光跑是没用的，但我们乐意跑，乐意把快乐一遍遍涂在奔跑上面。把风筝在地上放好，扯出一大段线，像百米冲刺那样跑，一边大笑一边跑。然后风筝飞起来了，我们的心也开始燃烧。一次又一次，我们不停地把心情点燃，不停地目睹风筝坠回地面。谁也不失落，只等下一次开跑。

　　我们在不断地奔跑中，送走了二月，送走一年又一年的二月，直到最后把整段年少时光都送走。然后，我们再也提不起放风筝的兴趣。

　　我走进家门，回忆顿时像被踩了刹车一样匆匆忙忙地停住了。我手上托着的不是十多年前的风筝，但它把我断了的时光又连了起来。如今的风筝，放不出年少时的快乐，那时的风筝，也放不出如今的深沉。我的流年，在风筝上急急驶过，就像起飞时的风筝在空气中很快远去一样。

给人生，一串饱满的脚印

我正在房间看书，一个电话把我召了出去。约我吃夜宵的是我的一位女性朋友。她刚和男朋友闹了点情绪，美其名曰要通过我去了解男人。

她一边大口地吃着油炸食品，一边问我，男人是不是都抱着玩玩的心态谈恋爱。

事情不复杂，只因她男朋友的一句话。他们在林间小路散步，她一脸温柔地问，你爱我吗？他回答，爱。爱多久，会永远吗？他噎住了，直直地回了句，我只知道现在很爱。他的回答瞬间弄坏了她的情绪，并引发她思考刚才问我的问题。

说实话，我觉得这位男士的回答并无不妥。谁能把握永远的事情？有多少人说着我永远爱你，最后爱火渐灭，或移情别恋。恰恰是他的理性，让我的女性朋友苦恼。"我只知道现在很爱"，所传达出的其实是活在当下的生活态度。

过去的已成往事，未来的还未来临，只有当下才是正在经历的，才能真正驾驭。"现在很爱"，已经饱满了当下的时光。

我们太多人，往往过于沉醉过去，过于期待未来，反而对当下的时光熟视无睹。

据说，天堂有一位双面神。有一天，上帝问他，你为什么有两张面孔？双面神回答，一面可以回视过去，吸取教训；一面可以展望未来，充满希望。上帝问，那么最有意义的现在，你注意了吗？双面神一愣，我只顾着过去和未来，哪还有时间管现在？上帝说，过去的已经过去，未来的还没有来到，我们唯一能把握的就是现在。你无视现在，那么即使你对过去和未来都了如指掌，那又有什么意义？上帝于是把双面神赶出天堂。由此可见，上帝也是支持立足当下的。

我最难忘的一次出游是江苏苏州之行。我在网上看到苏州的美景，当即表达了想去苏州的想法，没想到办公室三位同事当即呼应。那天是周五，我们下了班便往火车站赶。

那是我最仓促的一次出游，也是我最难忘的一次。多年后，我们几位同事各奔东西，但聊起苏州之行，却觉得宛若昨日。

后来，我们一直想再来一次说走就走的出游，遗憾一直没能动身，结果都虚了时光。如今想起苏州之行，被自己当时的激情所感动。令人难忘的，往往是奋不顾身的饱满岁月。

我的一位朋友，常做一些令人觉得疯狂的事。有一次晚上十点，他在朋友圈发动态，说想去金华吃龙虾，结果十一点半发第二条动态时，他已经快开吃了。我给他点了个赞，只有我自己知道，那是发自内心的赞。李宇春有首歌，叫《再不疯狂我们就老了》。的确，时光很快会消磨我们的激情和勇气，但如果握住手中的时光，想疯狂的时候就疯狂，那又何有"老了"之说。

握住掌心的时光吧，不念过往，不期未来，只把手中的时光织成锦缎。在时光长路中前行，就要在走过的每个地方都留下清晰的脚印。有一天你回头，会发现走过的路原来那么辉煌。

灰膛的魅力

在晚报上看到一篇寻找厨房记忆的文章，我关于家乡厨房的记忆，也似滴入水中的墨汁一般晕染开来。

在我的家乡，厨房叫镬灶，也叫锅灶。镬灶一般有大中小三口。镬灶有灶肚，那就是添柴火的地方。柴火燃尽的灰，便退到灰膛保存起来。

灰膛，其实是镬灶的附属品，用一块较长的条石和两块较短的条石围成。

灰膛的前面有一条长木凳，是供烧柴引火时坐的，但到冬天便成为我们取暖的聚集地。

我所在的南方，冬天湿冷，几阵冷空气过后，天气便一天比一天冷。加上冬日农事稀，烧火取暖便成为再适合不过的事。

一家人依次坐在长凳上，我总坐在最中间。只有烧火，才能理解什么是"星星之火可以燎原"。划一根火柴，火柴引燃干草，干草引燃枝叶，树叶引燃细柴，细柴引燃粗柴，哗哗啵啵，灰膛里的火逐成"燎原"之势。我们一家人坐着，唠着家常，时不时捡一些细小的柴火，扔进火堆。

火就这样持续地烧着，天也就这样断断续续地聊着，火光在我们每个人的脸上跳跃。灰膛里燃着一堆火，我们每个人的心里，也燃着一堆。

大人外出了，灰膛便是我们小孩的天堂。拿出藏在洞里的番薯，像做贼一样快速把番薯埋进灰烬里，然后若无其事地相互打闹。因为这事被父母发现，多半是要挨骂的。几分钟后，灰膛发出"呋呋"的声音，并送来缕缕香气。我知道番薯煨好了，于是拿出铁钳火急火燎地找番薯。由于我的心急，番薯难免经常被戳破，"伤口"处全是灰。但我从不介意，剥了皮吹了吹就大口吃起来。

煨番薯是简单的活，只要埋在茅草烧的热灰里，都能煨得八九不离十。煨板栗就是技术活了，不仅要把握时间，还要讲究一些方法。在煨前，需要咬掉一块皮，不然板栗会炸得粉身碎骨。我初试时没有掌握要诀，结果没煨几分钟板栗就"爆炸"了，像地雷爆炸一样掀起一阵灰，把整个灶台都弄得蓬头垢面。

饭烧好后，要把灶肚里的炭火退出来。每当这时，灰膛总是分外红火，很多炭火挤在一起，还闪着火焰。父亲把早已盛满酒的铝壶趁势放到炭火上。不一会儿，铝壶便热气腾腾，酒香弥漫。父亲忙把铝壶拎上桌，给眼前的空杯倒满酒。每到冬天，这样的情景总要上演许多次。

灰膛也是我改善伙食的地方。见我胃口不佳，母亲便拿两个鸡蛋放入铁杯，再将杯子放到炭火上。等鸡蛋快熟了，母亲把蛋壳敲碎，放入佐料。我原本平常无奇的生活，因为母亲为我加的两个鸡蛋而分外美好。

上学时，学校经常要求我们穿干净的校服去参加升旗仪式。碰上雨雪天，我便只能靠灰膛帮忙了。在灰膛里烧一堆火，在灰膛上架一根木棍，再把衣服晾上。衣服里的水汽被慢慢赶出来，我心里的阴霾也随之飘散。

托灰膛的福，我从没因为校服脏或周一穿不上校服被骂。虽然我的校服总像烟熏肉一样有烟熏味，但我内心仍然是无比满足的。

冬天，灰膛的另一个作用是埋火种。我不知道这是谁的发明，但在农耕生活里肯定有重大意义。

吃过晚饭，一家人坐在长凳上取暖。临睡前，母亲拿一段粗壮的木头放进火堆里，盖上树叶、茅草，再覆上灰，最后留一两个出气孔，这就是埋火种。第二天起床，这段木头就成为红红的炭火。母亲拿炭火引燃柴火，把多余的炭火装进火炉。要是自家的火炉盛满了，母亲还会把炭火送给邻居。在冬天，母亲送出的不止是炭火，而是"雪中送炭"的温暖。

我想到的与灰膛有关的往事就这么多。如今灰膛与许多农具一起逐渐退出生活舞台，但我与灰膛的往事不会褪色。有一天，我会像如今拿着平板电脑的小朋友一样自豪地说，嘿，我曾经见识过灰膛的魅力。

芒花

一

盛夏时节，山上的芒花即将凋谢。它们从绯红走到苍白，人们迎来了收割芒花的好时节。

他们又来了，一男一女，是夫妻。

每年的这个时候，他们总会出现，像一场约会，其实也确实是一场约会，生而为农，哪一年不是顺着节气和大自然约着各式各样的会。

他们是来割芒花的，割来的芒花晒干后掉了花，就可以拿去卖，也可以留着做了笤帚后再卖。后者赚的钱比前者稍微多一点。

晨光还没来得及大展身手，他们已经拿着家什出现在我家门口。他们和我们家已经是老朋友了，把干粮、茶水放下后，就匆匆往山里而去。到半上午，他们各挑着一担芒花，迈着密匝匝的脚步而来。真够快的，不到两个小时，就割了这么一大担芒花。把担子卸下后，他们在门口的岩石上坐定，从塑料袋里拿出干粮吃，吃了会儿又喝几口水。他们的头上落了不少细细而轻飘飘的芒花，宛如带着一个白色绒毛的帽子。

他们和我谈天说地聊了会儿，放下干粮和茶水，往山里赶去。中午时分，他们又挑着一担芒花归来。一天下来，他们总能割个四担。

接下来的几天，我们日日相处。他们在来之前就瞅准了天气，趁着连续几日的大好阳光，不停地收割芒花，翻晒芒花，最后把胜利的果实先寄存在我家，等日后有时间慢慢挑回自家。

每天晚上，我们都一起吃饭。外公准备了比往日丰盛的酒菜，和这个被我成为秋根叔的男人推杯换盏。两个人都在白天挥洒了许多汗水，夜晚在酒杯里寻找新一天的能量。

二

我们一家人和他们两口子坐在门口的场子上聊天。

月亮从东边的松树林间升起来，洒下零零碎碎的光，过一会儿就摆脱了稀疏的松树林，窜过树梢，明亮而孤傲地悬在天幕上。整个大地突然间在月光下暴露无遗。深蓝色的夜空中，星斗密密麻麻，抬头一望，发现星斗似乎要坠落下来，又似乎自己要往天上而去。地上的树影这里一个那里一片，在黑夜里显得神秘而幽静。微风不失时机地从南边赶来，拂去笼罩了一天的劳累。不知哪个角落响起稀稀落落的蝉鸣或者啄木鸟敲击树木的声音，使夜晚显得愈加静谧。

秋根叔有讲不完的故事，有神魔鬼怪，有乡村野史，亦有风流韵事。他是个讲故事的好手，把平淡常见的故事讲得跌宕起伏，制造悬念抖包袱的技术已经练得炉火纯青。他的爱人坐在小板凳上，手肘挂着膝盖，手掌托着下巴，定定地看着自己的丈夫。夜色弥漫，她背对月光，脸上的神色说不清是痴迷还是爱慕。

故事凑着晚风，月光在我们每个人的头上蹦跳。我忽然体会到书里说的现世安稳岁月静好，并不由自主地羡慕起他们的生活来。有健康的身体，有讲不完的故事，可以在山间自由穿梭，可以在夜晚沐浴月光和晚风，还有什么比这更好。

他们走后，我失落了好一阵子。每有月光的日子，便一个人独坐场上。众人相聚时月光热闹，众人解散，连月光也寂寞。想着秋根叔夫妇，我心里不由得苦恼丛生。我天天浸泡在题海中，日日对遥远的未来苦思冥想，却换不来一个像他们那样自由的灵魂。实现什么梦想，奋斗什么未来，做一个朴实的农民，与山野为伴，与酒为侣，乐享明月清风，才是真正潇洒的生活。

三

高中毕业后，我就经常参与到农活中去。夏天，他们又来了。外公突然对我说："地里的农活差不多了，我们也随他们割芒花去吧。"好呀，我对这事早已心驰神往。我拿上割芒花的工具，一行人往芒花丛里而去。

从远处望去，一片片密密麻麻的芒花白绒绒的，细腻而美好。我迫不及待地钻进芒花丛里。进入芒花丛，就像进入另一个热世界。在远处看时，芒花乖巧安静，似乎唾手可得。进入这个世界才发现，芒花都长得比我高，我踮起脚，把手伸得够长才能够到芒花。割了几捆芒花后，只觉双手酸胀得几乎要举不起来。看着外公和秋根叔夫妇正有条不紊地割着芒花，我也咬咬牙继续。芒花也欺生吧，总有一些细小的花落进我的眼睛，害我总是时不时就要搓揉眼睛，并且被芒花嗑得泪流满面。

阳光逐渐毒辣，把我的脑袋晒得发烫，晕眩一阵接着一阵地袭来。额头已经成了生产汗水的最好基地，豆大的汗珠源源不断从额头滚落，总有几滴不失时机地滚进我的眼睛，让我的眼睛酸涩不已。我只能蹲下来，让眼泪流一通，等舒适了才能站起来继续干活。

太阳把我的汗水都往衣服里逼，过了几个小时，我几乎浑身湿透。湿哒哒的衣服裹挟着我，让我的行动慢了好几拍。

半天过去了，我割了不到一担芒花，而外公和秋根夫妇已经割了两担了。我颓丧地坐在地上，汗水源源不断地从发根滚下来。

夜晚，我们照例坐在场子上聊天。秋根表扬我："小伙子真行啊，小小年纪干活很不错。"好在夜色朦胧，他们看不到我发红的耳根。月光明亮，树影婆娑，蝉鸣和啄木鸟的叫声破空而来。秋根讲着故事，我却无心再听，站起来，在月光和树影间来回踱步。

夜深了，我们踩着吱嘎作响的楼梯上楼睡觉。我怎么也睡不着。夜风在瓦片上掠过，一串串美妙的沙沙声如同嘲弄。

四

工作后的一个晚上，我躺在床上看微信，突然看到某公众号里推出一篇冯唐写的文章，里面说很多人梦想开一个咖啡厅，喜欢咖啡厅的小资情调，却不曾想，开一个咖啡店是需要经营的，从材料到加工到推广是一个复杂的需要持之以恒的商业行为。他在文中劝年轻人在没有做好这些准备前不要因为自己的小资情调贸然去开咖啡厅。

读了这篇文章，我陡然想起家乡的芒花，割芒花的秋根夫妇，以及我割芒花的经历。那些年月光下的稚嫩想法，也只能作为年少无知的注解。

如今，我依然能想起割芒花时眼睛酸涩，手臂酸痛，浑身被汗水裹挟的无力感。

如果没有亲手割过芒花，我该怀有对割芒花的多少美好念想。

陪你好好玩一次

我多次和外婆描绘过我工作的地方，那里有很多影视拍摄基地，有很多明星，有很多剧组。外婆是地道的农民，一辈子窝在山里，几乎从不看电视，却还是眯着眼，听得津津有味，并不停地发出啧啧的惊叹声。

她的白内障越来越严重了，我好几次带她去医院准备做手术，无奈血压太高，只能拖着。我想，在她视力变得更差之前，一定要带她到"中国好莱坞"玩玩。

外婆很少出门，很少坐车，但还是和我去了。

从家里到我工作的地方只要坐一个半小时的车，但她还是吐得脸色苍白。与以往"哎，坐车真累，吐得我浑身没力气"不同，她下车后，扶着一棵香樟树站了会儿，喝了几口水就随我去单位宿舍。一路上，外婆不停地赞叹，一会儿说路灯真好看，一会儿说道路真宽敞，一会儿又说风景真漂亮。

我本想让她休息半天养养神再去景区，但她说不用，吃了午饭就拎起皮袋拄着拐杖要出发。见她兴致这么高，我也随即做好准备。

外婆那天精神很好，挂着拐杖走得很稳健。我一介绍景点，她就驻足，饶有兴致地听着。她摸摸假山，摸摸石墙，一会儿仰望，一会儿注视，像孩子一样认真、专注。我跟她说前面有一座十八层高的塔，要不要上去玩玩。她说去，来了还不上去玩玩。我们走进电梯，到了十八层。走出电梯，陡然觉得已经到了空中。外婆捂着胸口，在电梯口站了会儿，随即慢慢走动。她眯着眼，挂着拐杖，白发被风吹乱。她似乎要证明什么似的走遍塔顶的每个角落，然后紧紧抓着铁栏杆问我东边是哪里，西边是什么地方。听我介绍后，她眯着眼静静看着，一脸安详。

我给她拍照，她很配合地露出雪白的假牙。后来我给她看相机里的照片，她不好意思地呵呵笑着。

本来第二天我还要陪她到处走走，但公司的一个电话把我催到了办公室。我给外婆买了她爱吃的豆腐花和青菜包子。她边吃边叫我放宽心去上班，她吃完了就在房间里看电视。

我提早几分钟下班，准备带外婆去素食餐厅吃饭。但当我到房间里，顿时傻眼了，房间变得干干净净，床、被子、衣服都整整齐齐。桌上我爱吃的葱花蒸蛋、黄豆煮猪蹄、红烧鲫鱼、冬瓜汤正冒着热气。

外婆给我搬来凳子说："快来吃吧，你们下班怎么这么晚，肚子饿了先喝点汤吧。"

我木然坐下，脑子里勾画着她走路买菜的情形。那顿饭吃得我肚子很撑，也吃得很心酸。

外婆回家的第二天，住我隔壁的阿响跑过来对我说："小子，你外婆做的菜好吃吧？"我点头说那当然。他掏出手机说："你也太不像话了，外婆难得来一趟，你居然还去上班。""来，我给你看个视频。"他点开视频，嘈杂的声音四散开来。

我看到外婆了，她穿着浅绿色的对襟衣服，住着拐杖，一步一步地走出宿舍大门。早上的太阳把她的影子拉得很长很孤单。她走到了街边，街上汹涌的车流让她不知所措。是的，她长这么大也没见过这么多车。她在街边站了很久，等没什么车辆了才小心翼翼地拄着拐杖穿过街道。最后，她被人群淹没，愣是我睁大眼睛也看不到那个绿点。看着外婆颤颤巍巍的样子，我忍不住红了眼眶。见我难过，阿响拿起手机回房去了。

我实在难以想象外婆是以怎样的勇气穿过两条街，在她模糊的视线里，这些风驰电掣的车是多么恐怖的怪物；在买菜时，她用了多少蹩脚的普通话和肢体语言才让别人明白想表达的意思。在这个人山人海的地方，外婆去一趟菜场，比我走百里路还难。

我走回房间，整个人如遭电击。我给外婆打了个电话，是外公接的："外婆在床上躺着呢，估计这几天是玩累了。"

我突然想到了什么。外婆怕车也怕坐车，连镇上的集市都很少去。外婆怕高，连站在三楼的平台上都手脚打颤。她这么卖力地玩，是为了不让我失望。我带她好好玩一次，变成了她陪我好好玩一次。

我打着电话踱到厨房，突然看到墙上多了一个崭新的筷子笼。这时，耳边响起了外婆虚弱的声音："宝儿，你吃饭了吗？"我再也听不清她说了什么，眼泪涌出眼眶，似乎也堵住了耳朵。

人生是一段偷闲的时光

　　挤出来的时间，多半是美好的。第一次有这样的感觉，是在小时候。我记得有一回，母亲叫我去买酱油，家里没什么酱油了，但还不至于影响当天中午烧菜。我拿起钱，蹭蹭蹭往村口的小店跑。

　　回来时，我突发奇想，想去看看南瓜花。我家的南瓜种在村子对面的山坡上。那天，夏日的艳阳高照，南瓜叶绿绿的，仿佛被人涂了颜料，黄灿灿的南瓜花引来了很多大黄蜂。它们嗡嗡地飞着，在花丛中流连。有些黄瓜花开得正艳，有些则已经败了，结出了青涩的小瓜。那天中午，我在瓜地里看了许久的南瓜花，还捉了好几只大黄蜂。

　　多年后，我总会想起那次看南瓜花的情景。之所以难忘，大概因为那是我挤出来的一段时光，如果我买了酱油直接回家，就无法遇见那片黄瓜花，也无法看到戏花的大黄蜂。因为挤出来的时光在计划之外，所以收获也自然是额外的。与挤出来的时光相遇，恰如在平凡的路途上偶遇一朵鲜花。

　　长大后，尤其喜欢唐代李涉"偷得浮生半日闲"这句诗，常会挤出一些时间，去放松心情。有一次，我去采访一位企业家，采访完毕已是下午四点，回家还早，便打算到郊区的山坡上走走。

那是一个有砖瓦厂的地方，一排排烧制成型的砖头整齐地立着，工人们正有条不紊地各司其职，拖拉机的"突突"声声声入耳。太阳不似中午那般晃眼，我躺在松树的阴影里，内心愉悦而辽阔。不知李涉路过鹤林寺时，是否也是这样的心情，但偷闲的愉悦大抵不言而喻。偷闲的时光，无工作之繁琐，无案牍之劳顿，无人际之险要，无尘世之喧嚣，其因为有脱俗感，与现实生活有距离感，而分外美好，正如我小时候看南瓜花的情形。偷闲的时光是一段无瑕的、纯粹的时光，所以有时不免想，如果一生都处于这样的时光，该多好。

有一次，在 QQ 群里聊天。同学突然爆出一个重磅新闻，说一位曾在我们班旁听的同学出车祸了。我心里咯噔了一下，瞬间被浓雾包围。我依稀记得那是一位长得很壮实的同学，当过兵。他原先在我们学校读大学，后来入伍，退伍后又回校学习。我们相处的时间不过两个多月。听说他毕业后在一所小学教书，在回家的路上发生了车祸。

心像被一只巨大的手揪着，有说不出的紧张感。突然发现，生活中的琐碎、忙碌，只是成全了偷闲时光的美好。而在时间的洪流中，人一生的时间不过尔尔，不知何时，这段时间就会被终结。人生，也不过是时间洪流里的一段"偷闲"时光。我们对待它，或许可以像对待一次旅行。

生活把礼物放在前路

我大二时的班主任是出了名的女汉子，做事雷厉风行，从不拖泥带水。更令人沮丧的是她对打分的铁面无私，别的课都有商量的余地，可以化不及格为及格，唯独她这门不行。

那年寒假，她给我们布置了一个任务，放假前把寝室打扫干净，说完颇有深意地扫了我们男生一眼。我们寝室的人没觉得她在开玩笑，回去后大家分头行动，扫地的扫地，拖地的拖地，擦洗的擦洗，一切完工之后对寝室狂赞了一通。没想到收拾之后的寝室窗明几净，全然不是平时的狗窝样。

班主任检查了我们的寝室后点头表示满意。

生活给予的惊喜在第二年开学时降临。我从包里掏出钥匙打开门，映入眼中的干净地板、明亮窗户和整洁书桌，让我发了几秒钟的愣。过了一个寒假，我早就忘了班主任布置的任务，以前已经习惯一脚踏进满地是臭袜子脏鞋子的寝室，那天的境遇让我心情大好，就像捡到了宝。

室友们进门时和我一样，都发了几秒钟的愣。

也许是情由境生，那天我们心情愉悦，特别是看到其他寝室的人在挥汗如雨地打扫时，优越感顿时膨胀得不行。在他们的羡慕眼光中，我们勾肩搭背地去操场打篮球。

如果不是遇到苛刻的班主任，如果没有她布置的任务，我们无法拥有那天的愉快心情。如果不是走在生活之前，我们怎么会得到生活赠予的礼物。

我从事编辑工作之后越发意识到走在生活之前的重要性。当我走在生活之前，早早组好稿子，设计好版面时，一切都从从容容，生活像个慈眉善目的老头。我能利用我领先的时间，细细品味生活的风情，看看生活的模样。

而当我追赶生活时，一切都变得糟糕。有一回，我迷上一部电视剧，在领导的眼皮下把整部剧都追完了。看完后心满意足，打了个长长的哈欠伸了个舒服的懒腰。

但报应马上而来。单位突然停了半天电，把我的计划全盘打乱，我像上紧发条的闹钟，每一根神经都绷得要断掉。一目十行地改好稿子后，发现稿子不够，于是临时约了一位老作者的文章。还没来得及改，排版的同事就在QQ上催我了，我心想老作者的文章不太会有问题，于是心一横把稿子发给了同事。这次紧张的编版工作终于踩着截点完成。报纸出来那天，我一早就接到了领导的电话："你搞什么，作者打电话来反映，把他们的名字署错了。"我脑子里轰隆作响，整个人天旋地转。

追赶生活，我们吸到的永远是别人呼出来的晦气，所谓倒霉，有时是自找的。

前几天，躺在车上听收音机，主播说了一段话，做任何事不要踩点而要提前。接着说了一对出去旅游的夫妻，因为太赶时间在安检过程中掉了钱包的事。

我小时候放过牛，深知牛的坏脾气。生活就是一头牛，当我们牵着它走时，从容不迫，满心愉悦。而被它牵着走时，身心俱疲，处处碰壁。

如果可以，愿你我都做一个牵牛的人。

生活需要边走边准备

几年前，我出差去杭州，在车站偶遇小时候的一位邻居。许多年没见，她亲切地把手搭在我肩上问我，最近几年过得怎么样，准备结婚了吗？

我被她吓了一跳，事业还完全没有方向，哪有心思谈婚姻大事。我脱口而出道，还早呢，事业还没有方向，我现在压根还没结婚的打算。

她扑哧笑了，说，生活哪会等你准备好，任何事都不可能等完全准备好再做。我们俩的车都还要很久才发，她颇有些倚老卖老地跟我侃侃而谈人生大道理。我去检票的时候，她还远远地招呼我说，记住我说的话，找到合适的就早点结婚，生活不会等你准备好的。

我耸耸肩，笑笑而去。

当时年纪轻，全然没有把邻居的话放在心里。在生活的漩涡里打转了很久，才渐渐嚼出她话里的道理来。

当了三年老师后，逐渐看清自己的前路，决定转行。最后一个学期进行到大半的时候，一家报社给我打电话，说要招聘一位记者，叫我过去试试。对记者这份工作，我期许已久。也许是太向往，所以更没底气，我连忙退缩，在电话里拒绝道，暂时恐怕还胜任不了，等我再积累点写作经验吧。

事后证明，那是一次令我后悔万分的拒绝。几天后，我的一位朋友进了那家报社。她之前没有发表过任何文章，也没有任何媒体的从业经验，但她被录取了。相比之下，我一味等待自己成熟，还没尝试就先言放弃。后来，我们碰面，我说你没工作经验，怎么敢去应聘。她灿然一笑说，这有什么，边干边学呗，刚进去确实一片空白，啥也不会，但慢慢的，不也厘清工作了嘛。我明白，自己已经在"准备"的幌子下失去了一次机会。

我最勇敢的一次是在前几年。当时出了一本书，有家电视台想约我做一个专访。我从没接受过专访，又习惯性地准备拒绝。但转念一想，之前已经错过了几次机会，于是挣扎了几秒后硬着头皮接了下来。

接下来的日子可想而知，我每天琢磨记者提的问题，一遍遍看自己写的回答，每每看到镜子就上前看看自己的仪态。到最后，我把稿子看得烂熟，几乎可以条件反射般地念出来，走路像小学生一样抬头挺胸。为了学习别人的受访经验，我看了好多专访视频，整个人紧张得神经兮兮的。

我的首次专访圆满结束，比预料的要自然大方。那次的受访经历像一块高热量的糖，让我能量大增。充实感持续了好久，我甚至期待马上再来一次。

我终究在没有"准备"好的情况下结了婚，因为我发现永远没有"准备"好的时候。生活其实永远不会问你，伙计，准备好了吗？它只会说，朋友，跟我走吧。

兜兜转转这么多年，渐渐体会到邻居那番话的深意。生活不会停下来等你有十足的把握再继续，但你迈出的每一步，都比所谓"准备"更可靠。

时光的美酒

　　春末的时候，蛙鸣已经启程。田野上、池塘边，处处蛙鸣。早晨和傍晚，蛙鸣尤烈。许多年来，我已不太清楚自己在蛙鸣里开了多少次门，关了多少次窗，有多少次枕着蛙鸣入梦，又多少次伴着蛙鸣醒来。

　　一直以来，都觉得自己是个热爱生活的人，不然，我何以如此贪恋夏日的蝉鸣，秋日的落叶，冬日的暖阳，一如我那么挚爱春天的花香，和暮春时节的蛙鸣。有相当长一段时间，我的住处近池塘，我的房顶总是被蛙鸣所包围。那些日子，我的时光活色生香。每一天早晨离开房间，每天傍晚回到房间，脚步都清一色的轻盈。仿佛，我脚下的路，是由密集的蛙鸣编织而成。

　　如果雷雨过后，蛙鸣便愈加鲜明。这里一片，那里一丛，此起彼伏，遥相呼应。少时的我，已然懂得，雷雨是青蛙的兴奋剂，不然，为何每逢雨后，蛙鸣便如此响亮，如此喷薄？我常常托着脑袋，听着雨后的蛙鸣出神。那蛙鸣似乎正在拉近着我与青蛙的距离。不期然间，我的眼前便出现它们的样子。水边的石块上，草丛间，泥洞里，有的匍匐在地，有的端坐水边，有的仰头大叫。在它们的世界里，这是不是一场狂欢，是不是一场盛宴？

　　年少时的我，比现在更想弄清楚它们的叫声和身体之间的联系，所以我常常提着裤子，在雨后的草丛里穿梭。然而它们总是只让我闻其声，不让我见其形。我只能听到它们在我耳边鸣叫的声音，却丝毫不能发现它们的踪影。这让我更加欣奇。我偶尔还是能捕捉到它们一闪而过的情影，仅是倏的一声，从这一丛草跃向另一丛草。很多青蛙在我经过它们身旁时闭了口，又在我远离它们时大声叫喊。我童年的许多时光，都与蛙鸣绑定在了一起。

　　我原先以为，我对它们的热衷只会停留在春末夏初，却不曾想，对它的热爱一直不曾消减。到盛夏，到初秋，听到它们的声音，还是怦然心动，一如我见到初恋女孩的情景。

　　我知道，穷其一生，我都无法淡忘那一阵阵响亮的蛙鸣。它们连同池塘边的水草，连同傍晚的云彩，一起走进我的岁月里，和我一起远行，一起酿一壶时光的美酒。

俗世的完美旅行

冬日的一个下午，我因朋友的婚礼而有了半天假期。从坚硬的生活中获得这么柔软的一段时光，足够让我欢喜，恰似久溺水中而突然有了一个喘息的机会。

收拾桌面，抓过钥匙飞奔停车场，发动引擎便一路奔朋友家而去。汽车像是感应到了我的内心，奔得格外欢快。

午后两点，阳光很烈，但是不带杀气，从地面反射过来倒像苍白的脸。柏油公路一直延伸，似永远都到不了尽头。路上的黄实线，白色虚线分外分明。在我记忆里，它们是黯淡无光的，但此刻，黄色的实线像是要化开来，白色的虚线也像刚抹了油一样。它们像是特意在这一刻表现出妩媚，是在控诉我平日对它们的忽视吗？

车子行驶了二十几分钟，进入水泥路。两旁出现密集的村居房，都是两三层的小洋楼，有白色的墙和朱红色的瓦，有的房子贴了淡绿色的面砖，有的房子则贴了土色的。落地窗反射着耀眼的阳光，房顶的太阳能热水器像灯泡似的亮着。因为阳光助阵，房子的色彩比我平日看到的更浓烈，各种颜色都发出加倍深的光，村子简直成了童话中的城堡。我看到的一切都像一根棒，搅动我心底那泓平静的水。内心的柔软像春天的植物般苏醒过来。我感到胸腔慢慢变得湿润，并且响起潮汐般的声音。

车子告别村庄，驶入一段笔直的路。路两旁是高大的乔木，树叶已经基本落尽。交错的枝桠像素描画一样在空中静默。车子似乎陡然间驶入一幅素描画里，并一直驶向画的深处。乔木一直相随，我错觉正在穿越一片森林。

驶出乔木林，眼前豁然开朗，首先遇到的是几阵青烟，接着平整的田地猛地扑入眼帘。这些方整的田地在此时摆脱了农作物，并被收拾得干干净净，像即将出远门的妇女。有农民在田里漫不经心地干些无关痛痒的农活。的确，农作物已经归仓，他们或许只是体验在田里的感觉。土地是农民的根，是信仰，很多时候，他们站在田里，找到了根基。

不久，车子拐入一条乡村公路，眼前的空间突然逼仄起来。占据大部分视野的是松树，枫树和一些落叶乔木。这时色彩不一的树林，恰如春秋季节的车厢，各种妆容都有。松树虽是常青树，但叶子到底黄了。密密层层的枫树发出的耀眼红光令人晕眩，那是有人在树林里放了几把火吗？

进入乡间公路不久，我看到了一个水库。水蓝得纯粹，蓝得圣洁。冬天水位低，落差部分白白的，像是给水库镶了一条白边。车在前行，阳光和山的阴影交替着扑向挡风玻璃。远处的岩石群在阳光下显得温和而柔软，看着像面包。那个下午的阳光软化了我。阳光似一把火，点燃我心中的柴火，然后心里大火燎原。

我给朋友打电话，他说离他家不远了。我看时间还早，便放慢了车速。愈来愈柔和的阳光使眼前的山、水、田地，都带了些绯红。我愣愣地看着眼前的一切，直觉自己变成了一缕阳光，一棵树，一滴水，或是一粒泥土。

我突然觉得，从单位到朋友家的路好遥远。并不是行驶的时间长，而是装进心里的东西多，是心灵的门窗够开放。

　　我常在伏案工作时，在街道堵得水泄不通时想，要是来一场旅行该多好。但身体在路上并不等于心灵在路上。我们更需要上路的，其实是心灵。如果已经带上心灵，那么穿越俗世生活，又何尝不是一场完美旅行。

剃头

那些年，他是邻近各村的理发师，我们叫他剃头师傅。他手提剃头箱，往返于各个村落。他总在每个月的中旬走进我们村，他来十二次，一年也便过去了。少时，我寄居在外公家，我外公与他是旧交，于是外公家自然成了他的落脚点。

他趁着黄昏还没降临，从剃头箱里摸出围布和手推剪。我外公已经对他剃头的程序熟稔于心，早早地坐在屋檐下的方凳上等待。他给外公披上围布，拿头梳理顺了外公的头发，手中的手推剪便如同犁一般在外公的头上运作起来。

我总觉得他不是在剃头，而是在犁田。他的手推剪经过的地方，外公的头发便齐刷刷地倒下，就像犁经过，泥土便被翻新一样。我的脑海里忽然洒进三月的阳光，出现了稻田，出现了农夫，出现了犁。他扎着马步，外公的头发越来越少。我在他们周围团团转，农夫犁田的画面如幻灯片一般在我脑海里闪现。

外公时而平静，时而眯眼皱眉，时而嘴角微扬，仿佛脸上所有表情都在回应头皮上的运动。我慢慢地明白，他和外公之间有一根线，他在一边牵动，外公在另一头回应。我恍惚间觉得四周慢慢变得空旷，仿佛世间只剩下他们俩。

外公的头发剃完了，就轮到剃我的了。我坐上方凳，等待他一系列剃头程序的降临。他把围布披到我身上的时候，我闻到了一股纯洁的芳香。后来，每当我看到洁白的围布，脑海里便飘过那个黄昏的芳香。其实多年以后，我依然不知道那是什么味道，仅仅觉得那味道让我浑身酥软。

他的手推剪如同蛇一般在我的头皮上游走，我的心里泛起小小的激动。如今回忆起那些黄昏才发现，当时坐在方凳上的我是那么心无杂念。我全身的每个细胞，每一根神经，似乎都在感受手推剪的滋味。我在心里历数他剃头的程序和手上的动作，那么专注而充满敬畏。

终于轮到洗头这一程序了。他把我的头按进脸盆，给我擦上香皂。我记得香皂是白色的，带着青草的芬芳。他给我擦干头发后，香皂的芬芳便如同细密的网一般将我包围。我只觉得当时的我，像只麻雀，不停地抖动着身上的芳香。

我们剃完头后，外公开始和他推杯换盏，我和外婆则在一旁默默观望。

在上初中前的时光里，我一直觉得他的剃头技术是最好的。后来，我接触了偶像剧，目睹了剧中男主角飘逸的长发才发觉，他剃头的手法是多么乏善可陈。

他还是在村落之间行走，而我再也不让他给我剃头。我开始出入贴满明星海报的时尚理发店，为理发师是否给自己理了好看的发型而喜悲。

几年后，他不剃头了，说是年纪太大，跟不上潮流。我外公只能和我一样，出入时尚理发店。他坐在理发椅上，听着理发店里轰鸣的电吹风声，看着理发师顶着夸张的发型手起手落，一脸木然。

我工作三年后的一天，他携剃头箱走进我外公家，说是有事路过，给外公剃个头。外公像多年前一样，坐到方凳上等他为自己披上围布。外公眼睛微闭，仿佛临渊听风。渐渐的，身边的一切又安静了下来，我又看到了他们默契的样子。农夫犁田的画面再次挂上我记忆的墙壁。

　　我央求他给我剃个头，他笑着说，这是太阳打西边出来了吗？我坐上方凳。他给我披上围布的一瞬间，那股经年的芳香突然窜了出来，并如同三月的麦苗一样迎风招展。他的手推剪还没动，我的眼泪便落了下来。

无聊的宿敌是折腾

交完稿子后，我左手托着脑袋右手拿着鼠标对着电脑发起呆来。朋友 Ella 的头像在这时闪个不停。

我告诉你，我又 get 了一个新技能。她说完后发过来一个害羞的表情。接着她给我看用新技能制作的杰作。其实就是给自己满意的一些照片配了一句中文和英文，整个画面看起来像带字幕的电影画面。

她选择的是自己的一张背面照，长发飘飘，背着双肩包，右手潇洒地往后甩，一副大步流星的样子。她的前面是傍晚时分的沙滩，再前面是平静的大海，画面美得可以当手机壁纸。这是她去福建旅游时拍的照片，她给图片配了一句话：有些路不走是遗憾，走了是意想不到的喜欢。

我被唯美的图片和感性的文字吸引，迫切地想知道这款 APP 的名字。她卖了个关子后爽快地告诉了我。

无聊时光马上被这款 APP 填充了，我从硬盘里找出许多比较像样的照片，拿出纸笔绞尽脑汁地想句子。选照片、想句子、处理照片、保存图片，原本平淡无奇的下午因为朋友推荐的这款 APP 而充实美好。看着电影画面般美好的字图，心里不免有些小激动，于是把图片统统传到朋友圈和微博上去了。没想到点赞的人不少，求知道APP名字的更不少。

朋友们的无聊被新奇代替，我的朋友圈那几天简直被这款APP的作品刷屏。

不得不说，Ella拯救了我好几天的无聊时光。我在QQ里对她感谢了一次又一次。她说，你就是比较懒，不喜欢折腾，所以比较无聊，我喜欢研究新东西，喜欢没事找事，所以每天都感觉挺充实的。

是的，我经常觉得日子平淡无所事事，是因为惯于停在当下，而她喜欢向未知进军，所以过得比我充实。她这句话拯救了我更多的无聊时光。

有一天早上，我走进办公室，打开电脑，系统提醒我可以安装一个智能桌面。要是平时，我肯定毫不犹豫地点右上角的叉叉，但那天脑海里突然响起Ella说过的话，于是点了安装。

电脑桌面很快就安装好了，有游戏有娱乐有壁纸还有文件自动分类功能，这着实让我眼前清新了不少。桌面不停变换着壁纸，让我穿越般一会儿在傍晚的沙滩上，一会儿蓝色的深海中，一会儿在无边的沙漠里。研究完了壁纸又研究文件自动分类功能，分类后的桌面，文件和文件在一起，文档和文档在一起，图片和图片在一起，结束了我电脑桌面一片混乱的历史。

智能桌面维持了我好多天的新鲜感，甚至连上班的倦怠感也少了一些。

一位朋友给我打电话，说完正事后他突然说，你是不是从来没用过彩铃？我说，好像是的。他说，打你电话一直听嘟嘟声多单调，你弄个彩铃吧，让别人的耳朵享享福。

我上网查了订制彩铃的方法，马上开始行动。选了两首歌，设置了循环播放。订制成功后，我居然小孩似的拿同事的手机打自己电话。此后几天，我一直沉浸在打自己电话的怪圈里，每每听到听筒里传来的歌声，就觉得身边有花朵次第开放。

我总是去一个地方吃饭，所以错过了很多美味。我总是走同一条路，所以错过了很多风景。我总是蜷于生活的一隅，所以错过了很多精彩。我总是停在眼前，所以错过了向未知出发的充实。

生活大多如同未经风的湖面，波澜不惊。往湖里投一颗石子，湖面才会漾起好看的波纹，生活才会精彩绝伦。

鸢尾

一

年轻时的激情大约如同夏天的阵雨，说来就来，并且恣意汹涌。说起来，从学校辞职也算不上是冲动，毕竟已经经过一个学期的理性思考。如果一定要说冲动，那也无非是年轻的激情底色再加上一点鸡血。

原以为凭自己的文字功底，加上刚认识的几个据说很有人脉资源的人，能把文化公司一炮打响。但结果是开业了一个月，一个单子也没有。打电话给那几位刚认识的朋友，有的说到外地做生意了，有的说耐心等等自然会好起来的。以为会得到他们的鼎力相助，结果连一句贴心的安慰也没捞着。年轻时大多都这样，一不小心就相信梦想，也一不小心就相信未来会很好。

心里的热情已经被浇灭了大半，但依然相信未来会有希望作伴。

回头算算，从租场地到装修，银行卡里的积蓄已经用得七零八落。

如今连租个住的房子和一日三餐都成了问题。想想也挺傻的，为什么不在装修工作室的时候隔一个住的地方呢。

在骑车电瓶车辗转于街头巷尾看租房广告的时候，接到了老同学小A的电话。她本是恭喜我脱离苦海自由创业来着，没想到还要帮我解决住的问题。她在话筒里沉默了两三秒，仿佛是在做一个艰难的决定。后来发现，这确实是一个值得犹豫的决定，因为她说："我现在刚租了一个两室一厅，和男朋友住一块儿，要么你凑合住一下？"

涌入我脑海的第一个想法当然是：那我不成电灯泡了吗？但考虑到生活坚硬，于是马上说："我凑合没事，但愿别打扰到你们。"她嘿嘿一笑说，我们也没事。

二

小A和她的男朋友都是乡镇机关单位的工作人员，离县城很远。他们租住的房子只有在周末才派得上用场。周一到周五的时间，基本是我独守空房。

他们租住的房子在二楼，是民宅，而且已经上了年纪。房子一共有三间，我居住的是最左边的一间，窗口有一棵高大的广玉兰，肥大的叶子呈墨绿色，看得出来房东对这广玉兰的用心。

我对这个县城很陌生，再加上工作室没有单子，白天的日子变得无所事事。好在我很快就发现房子的侧面是一个不高的山坡，山坡上有一块一块迷你的方正的菜地，有各种各样的果树，还有一些南方常见的庭院树和行道树。

顺着砂石小路，我爬上了房子侧面的山坡。正是春天，所有的土地都白乎乎的，刚被翻新，并且刚刚被播了种。桃树已经抽出嫩嫩的绿芽，桃花呈暗红色，已近凋零。我拿着手机边拍边走。

突然，镜头捕捉到了一片摇曳的紫色花海。我锁上屏幕，把目光投向那片紫色。在这么汪洋的花海前，只有睁大眼睛细细欣赏，才能捕捉到它的美。是鸢尾花！三五朵凑成一丛，一丛连着一丛，汹涌成波澜壮阔的花海。鸢尾花紫得有些妖艳，紫得有些肆意，给人魅惑之感，但这着实无法影响它的美。恰好春风过，花海随风波动，似浪涛，似在表演，亦似在卖弄。我本应对这样的花反感，此刻却全无此念，任凭目光如瀑布般流泻在这片花海上。

三

我把这片鸢尾花引荐给了小 A 他们俩。吃过晚饭，天已近黄昏，暮色像一张大黑幕，即刻就会笼罩下来，天边还有一些余光，像笑脸般看着这人世。

我们一行三个人，走出门口，顺着山坡的砂石小道往上爬。桃花已经落得差不多，嫩绿色的芽取代了桃花的位置。前几天还盛开的梨花，也已经过了盛放时节，变得黯淡昏黄。山坡上的鸢尾花一如既往，相反紫色愈来愈浓烈，还延伸出大片大片浓烈的香味。小 A 的男朋友感叹：哇，鸢尾花，儿时的记忆啊，好多年没见过它了。这也点燃了小 A 的兴致，真是童年记忆呢，好多年没见了。她一脸花痴，俯身去闻花的气息，男朋友则对着她狂拍不止。

天空只留最后一批光亮，再过一会儿，天色就会暗下来。鸢尾花似乎知道这一点，在这一刻尽情绽放。它们溢出的香味馥郁得饱满，甚至刺鼻；它们的花开得艳丽，甚至有一些刺眼。鸢尾花，不知道为什么，总让我联想到罂粟花。不对，应该是如罂粟花一样妖艳但比罂粟花更清丽。艳丽中有几分刚强，妖艳中有几分清淡，魅惑中有几分克制。看着一大片鸢尾花，像一场轰轰烈烈的爱情，也像一次奋不顾身的试炼。

黄昏来临，夜幕像上帝放下的窗帘，把整个世界盖得严严实实。定睛看去，还能看到鸢尾花刺目的光芒。我不由得对这一片鸢尾花肃然起敬。

往回走的路上，我心思有些飘忽。

四

小 A 的男朋友提议吃点夜宵，我欣然答应。但一摸口袋，发现只有可怜的几张纸币和零星的几枚硬币。他说，你们在家里等等，我出去买。我站在窗口，看着默然无语的广玉兰，心里说不出是什么滋味。

酒过三巡后，小 A 的男朋友突然说："你们知不知道，今天傍晚看到的鸢尾花其实是一种药材，这种药材在夏天时节成熟。我记得小时候，我爸妈经常把鸢尾的茎块切成片晒干，拿到药材市场售卖。"

像忽然打开了一个阀门。不知是因为他的一番话，还是因为酒已经喝得太多。我猛然想起小时候，外公外婆在灯下切鸢尾块茎的情景。

大概是三伏天吧，他们把鸢尾挖起来，连茎连叶地拿回家，把茎块以上部分切掉，然后把茎块切成厚薄匀称的片。在橘黄色的灯光下，放一条方凳，方凳上架一块已经薄得不能切菜的砧板，然后开始切片工作。

时间在刀尖上溜走，在橘黄色的灯光中溜走。转眼到午夜时分，外公外婆还在灯下切片。我打了个哈欠，抵不住波浪般涌来的睡意。我对外公外婆说："睡吧。明天可以再切嘛。"外公抬起头说："明天有好日头，今晚抓紧切出来，用不了几天就可以把鸢尾片晒干。"我迷迷糊糊地上楼睡觉。我刚躺下，就听见外婆对外公说："睡吧，人毕竟不是钢，休息还是要的。"外公陡然提高分贝说："今年鸢尾市价高，切个鸢尾片可不是上刀山下火海的事，你困了尽管先去睡。"

五

工作室总算来了一笔订单，客户是一位电大即将毕业的先生，他要我帮他写一篇毕业论文。我欣然接受。用了三天时间，我搞定了论文。那位先生是一位装修工人，看了论文后连声说写得好写得好。他给我一沓钱，还给了我两包烟。

为了犒劳自己，我买了一份脆皮烤鸭，两听啤酒。吃完晚饭，夕阳还在山头。我走出门口，又往山坡走去。过了几天，鸢尾花已经过了鼎盛时期。夕阳下，花海依然紫成一片，不过已经不是那么鲜艳，显得那么深沉，显出淡淡的落寞。

我告别那片花海，在山坡上的一个凉亭里坐定。随手看着手机上的资讯，突然看到县城一家文化公司的招聘广告。文化公司的老板居然是我读初中时的一位老师。我决定给他打个电话。

"喂，哪位？"电话那边问道。

"我是小范，是双溪初中03届毕业生。我可以到你的公司来坐坐吗？"

"喔，好的。"那边答道。

我把手机塞进裤兜里，感觉心脏都要跳出来。

往回走的时候，天色已经有些暗。那片鸢尾花依然还在开放，依然是那么浓烈、妖艳、肆无忌惮、无所畏惧。

长达半天的欢愉

秋日的早晨，我随一个朋友到了乡下。临行前，他告诉我，家乡的猕猴桃特别好吃。我问，自家种的？他笑言，大自然种的，公共资源。

经他一说，我心往神之。汽车很快把我们带到乡下。我的眼前出现了金黄的稻田，蜿蜒的河流，墨绿的山峦。

朋友很快从家里拿了麻袋。他在前开路，我断后。虽是秋天，山径两旁的草却依旧茂盛。早晨的露水很快打湿了我的裤脚。我们一路雀跃，转眼间，房子和炊烟已被抛在身后。我们的眼前只有茂密的树林和时不时飞过的小鸟。

朋友轻车熟路，把我带到山腰上。他用手一指，道，快看。顺着他指的方向，我看到了无数的藤蔓，以及悬挂着的猕猴桃。藤蔓从地上一路攀爬，绕过枝干，跳过枝桠，直抵树梢。我学着朋友的样子，如攀岩般爬上树梢。我的屁股下面很适时地出现了一根粗壮的枝桠，我只需坐着，便可以采到硕大的猕猴桃。

只是半个多小时的时间，我腰间的篓子已经硕果丰盈。我顺着藤蔓，如搬运工一般把一篓子猕猴桃搬到地上。

在休憩的时间里，我一直注视着这些饶有兴致的藤蔓。它们毫无规则地攀爬，使整个藤架看起来如同一个杂乱无章的房间。我甚至想象着自己可以如猴子般在藤蔓之间攀爬跳跃。

我尝试着去实现脑子里的想法。我双手抓住藤蔓，双脚踩着树枝或藤条，从这棵树走到了那棵树，又从那棵树走了回来。这样的攀爬，带有走钢丝般的惊险与快感。爬累了，一根根粗壮的树枝便是我最好的休息场所。我可以安静地坐在枝干上，背靠粗大的树干，抽根烟，或者哼首歌。无论怎样，这个绿色的乐园远远胜过城市里的游乐场。

在我游玩的间隙，朋友已经采了好几篓。于是，我再次上树。我一边随意地采摘猕猴桃，一边享受着微风的轻抚。眼前的山峦显得那么柔软。我多希望，这风能一直吹下去，我可以就此沉醉，从此再无世俗的喧嚣。

仅仅是个把多小时，我们的麻袋便已经装得满满当当。朋友打了电话，他父亲和母亲便急急地赶来了。

我们很快下了山，又很快地回到了城市。

长达半天的欢愉，与我们而言，已属奢侈。在这个喧嚣的城市里生活着的我们，又怎么会轻易享受到大自然的恩泽？

第三辑　那些人，点点暖意在心间

尘世苍凉

　　第一次见到正福是在一个春天的午后。他跟在我父亲身后，背着一大捆野猪夹。

　　趁着父亲进屋忙活的时间里，他如一个老朋友般和我聊起了天。他说以前和我父亲是很好的朋友，一起读过三年书，只是这些年联系少了。"你父亲学习好呀，人也长得俊，那时很多人都喜欢你父亲……"就这样，在这个微醺的午后，这些是非不清的时光缓缓注入我的耳朵。

　　父亲从厨房里端出点心，并叫我去小店里买几瓶啤酒。这时，我听见正福说："哪里用得，大哥你千万不要客气。"我厌恶地看了一眼，狠狠地朝小店跑去。

　　酒过三巡，他的脸上飘满绯红。正福对父亲说："这小子真靓呀，真像当年的你。"然后他问我："木子，你学习肯定也很好吧？""一般。"我说。正福笑了，说："你的学习差不了，我第一眼看到你就知道了这一点。"

　　这时我才细细地观察起正福来，他油腻的头发，黝黑的脸庞。听父亲说，他的一只眼睛在很小的时候瞎了。所以整个脸看起来有些不对称。他穿一件西装，西装的里面是两三件参差不齐的毛衣。一条牛仔裤松垮地搭在他的胯部。整个人看起来好像是传统与时尚的结合体。

正福说："木子，你今天下午的任务重大咯。"

"为什么？"

他笑嘻嘻地看着我说："你得陪我去山上探测路线，我要在野猪经常出没的小径里埋下这些野猪夹。"

"哦。"

"来，到了你的年纪该抽烟啦。"他随手递给我一根大前门。

"我不抽烟。"

他坐在门槛上边抽烟边说："你可别小看了这大前门，虽然才一块七一包，但是你要买它比买中华烟还难，它可要预定的，如果不是我和店主熟悉他才不会卖给我。"

我到底还是陪他去探测路线了。他背上一大串野猪夹，又顺手拿了把小锄头。这时，一个野猪夹从他背上滑了下来。我捡起来放在了自己的背上。他说："怎么能让你个读书人拿呢。"说完，一把拎走我背上的野猪夹。

我们逛了好久也没有找到合适的路径。他一边抽着烟，一边在小径上来来回回地晃荡。过了许多，他一屁股坐在石头上，头靠一棵松树说："找不到合适的路径那就是白费劲。只能辛苦你再陪我转转了。"

路上，他和我说了不少关于野猪夹的知识。他说："你以后来看野猪夹的时候只要远远地看就行了，千万别把你的体味带到野猪夹附近，要是让野猪闻到了人的气味那肯定没戏。"

正说着，他忽然就地趴倒，说："这地方不错，这是个野猪必经之地。"他马上卸下背上的东西，掏出小锄头奋力挖了起来。挖好坑后他把野猪夹小心翼翼地放进去，他跟我说："放野猪夹的时候一定不能少了这根安全带，不然很危险。当然，用安全带也有坏处，如果你忘了把安全带解下来，就是站在门缝后等天亮——没戏了。"

我忍不住"扑哧"笑出声来。他抬头看了看我说，你别笑，对于置放野猪夹我还真有一套。接着，他和我说起他捕到过多少只野猪，多少只野兔，多少只獾……说只要努力付出，总有收获的。"放好了！"他直起身，长长地舒了口气。临走的时候，他又看了看四周，说："这个地方肯定有戏，捕到野猪了少不了你一份。"我笑了笑，说："能不能捕到还没有确定呢。""放心，这个地方肯定有戏，你放一百颗心吧。"

当时的我确实没有想到这个地方能捕到野猪。直到那天早上我亲眼看到一头野猪在这里拼命挣扎。我马上拿起手机给正福打电话，他兴奋地说："我没说错吧，那个地方肯定有戏。"

我记得卖野猪回来的那天他喝了许多酒。他一脸感慨地道："当时我们村有多少人嘲笑我，说我个'独眼龙'能捕到野猪那是白日做梦。到目前为止我也算是捕到十头野猪了……"他凝视着桌上的酒杯，话语里沾满了苍凉。

我说："你不是跟我说过吗？只要努力，肯定有收获的。"

"是呀，这句话我今天晚上也要送给你。你看到我的艰辛了吧，你可千万别学我这样。"喝了口酒后，他接着说："当初我和你父亲一块学习的，他学习好呀，人长得又俊，你看现在我和他的差距……"

我也渴了口酒，一股子刺鼻的味道忽然溢满我的胸口。

当年那段漫漫长路

我上初一的时候，母亲生了一场大病。父亲只能放下田里的活，去医院里照看母亲。当时正值暑假，我一心想跟父亲去医院，却被父亲严厉劝阻。他说："我不是去游山玩水，医院也不是玩的地方，你在外公家里看书、做作业。"

当时的我，正值"初生牛犊不怕虎"的时期，父亲的劝阻对我不起任何作用。我说，无论如何，我要锻炼自己，去医院照顾母亲就是我锻炼自己的第一步。父亲当然是一如既往地劝阻，他告诉我，医院里没有床供我睡，也不会让我无拘无束地玩耍。对这些，我毫不理会。我甚至搬出"天将降大任于斯人也，必先苦其心志，劳其筋骨"之类的话和他辩论。

父亲没读过什么书，对我说的一无所知，他只能长时间地沉默。我以为这是父亲的默许，吃过晚饭后便上床睡觉去了。哪知第二天天还未亮，父亲便悉悉索索地起床了。要不是醒得及时，我已经错过了去医院照顾母亲的机会。

因为急着去医院，父亲没有再阻止我。我为自己能成行而窃喜。

到了医院，做了一系列检查之后，母亲住进了病房。长这么大，我还是第一次进大医院，病房里熙熙攘攘，人满为患，我站在人群里，不知所措。

夜晚很快到来，我站在母亲的病床旁，哈欠连连。而父亲，则一会儿给母亲量体温，一会儿去叫护士，一会儿又给母亲擦脸端尿。我原以为自己能照顾母亲，却不曾想一点忙也帮不上。

我越来越困，可是母亲的病床很小，只够她一个人睡。我坐立不安，请求父亲带我去睡觉。父亲瞪了我一眼说："你不是要好好锻炼自己嘛，今天晚上自己去找住的地方，我是绝对不会帮你的。"

"我第一次来县城，你叫我到哪里找住的？"我眼泪汪汪地看着父亲。

许久，父亲告诉我表姐家的地址，让我住表姐家。我的心里忽然充满恐惧，我人生地不熟，况且室外已经漆黑一片，怎么才能找到表姐家。我拉着父亲的手，央求他带我去表姐家。他狠狠甩开我的手，丢下一句，自己去，今晚就先好好苦一苦你的心志。我不再央求，赌气地转过身，离开病房。

我听到身后传来父亲的声音：既然你选择了，就一定要面对，你也不小了。

转入黑暗中的我，茫然无措，我甚至不知道表姐家的大致方位。夏夜，街道上的人并不少，我紧紧地抓着衣角，在桥头踌躇了良久，终于鼓起勇气向一个路人问路。没想到走出不远，我又弄不清表姐家的方位了，于是，我只能硬起头皮，继续向他人问路。我越来越接近表姐家，脚下的路也愈发狭窄。一个路人告诉我，表姐家就在前面那条小弄里。我一看，小弄里黑漆漆的，没有一盏路灯，顿时头皮发麻。我想到了父亲，我想抬腿跑回医院，乞求他带我走过这条黑暗的小巷。想起他恶狠狠的眼神，冰冷的话语，我毅然打消了这个念头。在原地站了许久，我终于闭上眼睛，一口气冲破黑暗。我找到了表姐家，表姐热情地迎出门来，我忽然哭得一塌糊涂。

整整一个晚上，我都在抱怨父亲的残忍，那条黑暗的小弄在我眼前不停地晃动，让躺在床上的我心有余悸。

第二天，当我走出表姐家，踏上洒满阳光的街道时，对父亲的怨恨似乎没那么强烈了，相反，心里还有些许成就感。

长大后我才明白，原来我在社会上所面对的，比那晚的情景要残酷得多，并且从来没有退路。随着年纪的增长，我对父亲越来越心怀感激，因为那晚的黑暗给了我最初的坚强。

豆腐皮糯米卷

我那时十多岁，最爱去姨夫家拜年。不为别的，只为那美味的豆腐皮糯米卷。

那是 20 世纪 90 年代末期，私家车是稀有品种，公交车还少得可怜，步行是拜年的主要出行方式。

我和父亲在停靠点等了好久的车，但每班车都因为人满为患急驶而去。父亲咬咬牙，说了声："走，走路还来得暖和"。父亲挑起拜年的礼品，走在我面前。虽然田野上还残留着一片片积雪，尽管偶尔扑到脸上的风还很冷，但我的心却和脚底一样暖暖的。因为过不了多久，我就可以吃到姨夫家的豆腐皮糯米卷了。

大约走了一个半小时，我们终于到了姨夫的村子。我抢在父亲前头，沿着熟悉的石子小巷，蹦蹦跳跳地奔向姨夫家。

"哟！我外甥来了！"姨夫迎出门口，一把将我搂住，随即放开我，一路小跑到八仙桌旁给我们泡茶。与别人家千篇一律的绿茶不同，姨夫家泡的是桂花茶。桂花是阿姨在秋天采的。采好后放在竹匾上晒干，然后装进玻璃瓶。姨夫家的茶有一股清香，又甜甜的，我喝了一杯又一杯。喝完了茶，姨夫拿出表哥从外地带来的牛肉干。我挑了大大的一块牛肉，扔进嘴里。那种渴望许久的味道瞬间溢满我的口腔。我一边舍不得下咽，一边又渴望多吃一点。姨夫仿佛看透了我的心思，抓了几片牛肉干放到我手里。"你喜欢吃就多吃点儿。"说完，他起身又从柜子里拿出一包塞在我手里，说："这包你带回家吃，明年来还给你一包。"说着抽了口烟，一张脸迷蒙在青烟里。

我们聊着天，喝着茶，吃着坚果，阿姨在灶头忙碌着。过了一会儿，吃午饭时间到了。阿姨端来我最爱吃的豆腐皮糯米卷。糯米是红棕色的，拌过酱油，显得油光发亮。包着糯米的豆腐皮黄亮亮的，既充满光泽，又显得十分脆酥，让人一看就食欲大增。我迫不及待地把一根放进嘴里。恩，油而不腻，既松脆又柔软绵长。我细细咀嚼着，吃到了糯米团中的香菇丁、胡萝卜丁。那种味道，让我永生难忘。吃完了一个，我又马上拿起第二个。就这样，我连续吃了四五个，肚子就很饱了。我坐在长凳子上看着电视。姨父和父亲喝着酒聊着天。姨夫夹起一个糯米卷在我眼前晃着："要不要再吃一个？"我本想说不吃了，但还是不由自主把手伸了过去。

在我和父亲回家前，姨夫把一盘豆腐皮糯米卷装进塑料袋里，让我带回家吃。他拍了拍我的肩膀，给了我一个压岁红包，说："有空常来姨夫家玩喔。明年正月可一定要来吃牛肉干和豆腐皮糯米卷哈。"我鸡啄米似的点着头，说当然了当然了，一定会的。

暑假前的一个星期五，我放学回家。父亲坐在板凳上，深沉地对我说："你阿姨走了。"五个字，像五支利箭朝我射来。我只觉得脑袋轰隆一声响。怎么会这样？阿姨还很年轻啊。"是车祸。"父亲低声说道。我木然地走到后门，倚在门框上，目光呆滞。栀子花刺鼻的香味从屋后的山坡上传来，寂静的山林里响着麻雀哀愁的啾啾声。

暑假开始不久，父亲就带我去看姨夫。刚跨进门，我就看到八仙桌上方挂着阿姨的照片。阿姨眯眼微笑着，红色的背景，白色的脸庞和黝黑的头发，照片的色彩特别鲜艳。我鼻子一酸，眼泪掉了下来。姨父两个手肘支着膝盖，双手托着下巴，时不时用手掌抹抹脸，仿佛午睡刚醒。过了会，他摸出一根烟点上，抽了一口，突然红了眼眶说："没办法，人这东西……丝毫没办法。"

　　姨夫的眼神黯淡了许多，双眼凹进去，黑眼圈大大的，身体佝偻了，仿佛大病了一场。我和父亲没吃中饭就回到了自己家。我的心情比来的时候低落很多，就像久旱了的水位，一下子降了不少。再见了阿姨，再见了，我最爱的豆腐皮糯米卷。

　　此后，我隔三差五地想起姨夫，想起我最爱吃的豆腐皮糯米卷。

　　又一年的正月来了，照例是我和父亲到姨夫家拜年。我们顺利地搭上一辆班车，并且然居有位置。我坐在靠窗的位置，看着沉默的大地像闪电般后退着。不知不觉就到了姨夫的村子。我跟在父亲身后，慢悠悠地朝姨夫家门口走去。

　　"哟，我的外甥，你终于来了。"姨父系着格子围裙，边甩着手上的水珠一边笑眯眯地看着我。我愣了一下，一下子闪进屋里。

　　"来，先喝茶，来尝尝姨夫采的桂花。"说着，他拿出一个透明的玻璃瓶，往瓷杯里倒了少许桂花，又拿出白糖罐往杯子里倒了一些白糖。他坐在我们对面，笑眯眯地问我们："怎样？味道怎样？"我尝了一口，依然是那么甘甜，那么清冽，仿佛一切都不曾改变。"好喝啊。"我说道。那就好。姨父从柜子里拿出一袋牛肉干放在茶几上。我呆呆地坐了会儿，打开包装袋，吃起牛肉干来。

　　姨夫在灶头忙碌着。我好奇他在忙什么，便向灶边走去。姨夫在做豆腐皮糯米卷！他已经蒸好油光发亮的糯米了，此刻正摊开一张黄灿灿的豆腐皮，往豆腐皮上盛了几勺糯米，又切了一些香菇丁和胡萝卜丁混进糯米里。接着，他轻柔又小心地把豆腐皮卷起来放进锅里。他做这一切，显得小心翼翼，谨慎不已，就像刚做父亲的样子。他让我到沙发上看电视，说很快就可以做好中午的饭菜。

中饭的菜很丰盛，且都是阿姨生前常做的菜。桌上摆满菜的时候，当熟悉的豆腐皮糯米卷端上来的时候，我和父亲都愣住了。我夹起一个豆腐皮糯米卷，塞进嘴里，还是那种味道，油而不腻，松、脆、香、软。我忍不住鼻尖一酸，赶快把豆腐皮糯米卷咽到肚子里。"来，喝酒啦！"姨父举起酒杯对父亲说。那一瞬间，我有种时空交错之感。眼前出现了一根巨大的柱子，四周的潮水快速地形成一个漩涡，飞快地转动着。但那根柱子不动，任凭周围潮起潮落。

我拿起勺子，从父亲碗里舀了一勺酒，对姨父说："来姨父，我敬你一勺！"姨父微微一笑，一口干了杯中酒。

枫树

一

那天我回家，见到久未谋面的干爹。说是干爹，他的年纪比我外公还大。这几年，干爹在外地帮人看守工地，已经多年未归。他的突然造访，让我在惊喜之余，又有些说不清道不明的思虑。

那天傍晚，外公外婆忙里忙外准备了一桌丰盛的菜，把小桌子搬到门外的场子上，把菜肴端到小桌子上，然后搬出椅子招呼干爹和他的一位朋友吃饭。

时间在他们的酒杯碰撞声中疾行。暮色四合，我们的桌子被淡淡的黑色所包围，一桌人的脸都变得黯淡，继而消融在愈来愈深的夜色里。星斗从夜幕里跳出来，睁大眼睛打量着这个世界。池塘边的蛙鸣，在鲜嫩的草叶的掩盖下放声歌唱。

酒到半酣，干爹突然宣布："兄弟们，我要去寺庙了。"说完，他扫了我们一眼。烛光中，他的眼睛布满血色，眼神迷离却坚定。他的声音久久回荡在酒桌上。我们一众人都静默不语，我想应该是谁都对他的决定感到意外，并且无言相劝。

干爹的朋友是一个穿着黄色僧袍，剃着光头，年过七十的老人。他用两颗仅剩的牙齿咀嚼着饭，低声对我们说道："这是缘分，他将从此脱离尘世的牵绊。"

干爹又喝了一口酒，意思是刚才这位僧人所言极是，并且他深表赞同。

外公犹犹豫豫地说着："你这是当真要去寺庙当住持了？"

干爹目光炯炯，盯着外公看了会儿说："是，不仅如此，我还要建设一个寺庙。"

二

此后好长时间，我没见过干爹。走时，他没给我们说明去处，也没有邀请我们有空常去看看他。他仿佛从这个世界彻底消失了。

我心里五味杂陈，有神秘有向往，有失落也有悲怆。想起那夜的酒桌和摇曳的烛光，我陡然发现干爹已经成为一个全新的他。他是在向过去告别，也在和这个世界的一部分告别吧。

一年夏天，有人突然带来口信，说干爹邀请我们去作客，并告诉我们他的住址。我的心猛然砰砰直跳，感觉世界的一个窗口正在打开，亦或是为干爹即将被我们重新认识而兴奋。

我和外公先走路，后坐车，又走了长久的山路，终于到了干爹的住处。在一处全是红褐色砂石的山岗上，我看到了与我大概百米之隔的景致。三幢白色的瓦房子，中间的一幢是大雄宝殿，两侧的则是厢房。右边的厢房后还有一间低矮的房子，那是厕所。厕所的附近，一棵高大的枫树孑然而立，显得卓尔不群。

我迈开脚，朝那些白色的房子奔去。在大雄宝殿门口的场子上，我久久地看着这棵枫树，它大概有五六层楼那么高，树身笔直、修长，四分之三的树干没有斜枝，没有多余的叶子，干干净净，滴水不沾。树梢往下四分之一的地方，枝叶扶疏，一杈杈的树枝很有规律地分布着。那些略呈三角形，已经走向老成的叶子安静地垂着。每当有风吹过，叶子便象征性地动几下，绝不张牙舞爪也不高调张扬。

干爹得意地告诉我，他刚来的时候，这棵树杂枝丛生，底部的树枝烂的烂，曲的曲，简直没法看。经过他半天的修理，这棵树变得整整齐齐，英姿飒爽。

三

我们在场子上聊着天，拉着家常，也说干爹建设这座庙的经历。偶尔，枫树的叶子不甘寂寞地在风中簌簌低语。

干爹看了看手表说："你们等等，我先做晚课。"他把手伸进石臼清冽的水中，把手洗净，甩甩手走进殿内。他从香案边的一条板凳上拿起藏青色的僧袍套在身上，点燃蜡烛和香火，开始念念有词。待把殿内每个佛像佛号念了一遍，他在香案前的稻草团上跪下，左手持于胸前，右手拿起木槌咚咚咚敲击着木鱼，念起了大悲咒。殿内的烛光把他镀成了橘红色，袅袅的清香在他的身旁环绕。我仿佛跌进一个虚空的世界里，身边旋风乍起。我被这股风裹挟着，双脚离地而起，并且随着这股风旋转，旋转。我在空中一圈圈回旋，看见平坦的沙地上尘土飞扬，各种轻微的杂质轻轻聚拢，并随地而起。到最后，我只觉得沙地上干净无比，如沐春风。

"南无阿弥陀佛……"干爹突然高声念起佛号，并随之响起了木槌和馨相击的清脆声。我从幻象中脱出身来，但见殿内香烛高烧，干爹的身上如沐金光，外公则双眼微闭，好像灵魂出窍。

"得烧饭了！"干爹脱下僧袍，朗声走出大殿。他走进左厢房的灶火间，叮叮当当开始准备晚饭。我和外公则继续在场子上坐着。

太阳慢慢偏西，阳光从白色转向橘黄。庙后的苍松、杉树，以及很多落叶乔木都笼罩在淡淡的金光中。我面前的枫树在这个时刻显得愈加高大，并且显现出金碧辉煌的姿态。有一瞬间，我陡然觉得他似一尊大佛，正以"一览众山小"的姿态俯瞰着芸芸众生。

四

干爹依然喝酒、抽烟、吃荤。他给我和外公倒了高粱烧，自己也倒了满满一杯。我们在厢房的窗边，喝着烧酒，吃着下酒菜，看夕阳一寸一寸地爬上山头，直至撤出整个天幕。

"以前从没觉得我会过上这种生活，在庙里的这几年，除去刚来几年的艰辛，我真是活得逍遥快活。"他放下筷子，大发感慨。干爹的日子如今过得很有规律，每天早起做功课，上午念经，下午干农活，做晚课，晚上有时念经有时早早上床睡觉。逢五逢十山下有集市，他就去赶一赶，买猪肉买鸡腿，买香烟买烧酒。

一个透明干净蔚蓝色的世界在干爹的生活中徐徐展开。他鹤发童颜，满面红光，说话声如洪钟。守着三座房子，就像守着整个世界。他没有万贯财产，却得到了身心的满足。

吃饭完毕，我们仨搬着凳子又坐到场子上聊天。山下的小镇灯火灿烂，人声喧哗。山上的场子上，夜空明净，星斗耀眼。所有的一切都被黑暗笼罩，只有这棵高大的枫树显示出清晰的剪影。干爹看着枫树，说："去年冬天，我把树周围的柴火都清理掉，在场子上烧了一堆焦煤灰，把焦煤灰全部施到了树下，这棵树在今年更加茂盛苗壮。"

　　枫树听了干爹的话，或许是出于感激，在夜空中发出簌簌的声音。我可以想见它枝叶翻动，一脸明媚的样子。

五

　　再一次去干爹家，是几年后的事了。那棵枫树果然长高了不少，不过树身并不像我第一次见到它时那般干净利落，也许是干爹疏于管理，长出了细小的斜逸的树杈。它的树枝遒劲有力，像钢铁臂膀，叶子依然灵动飞舞，像心无城府的小精灵。

　　过了一会儿，干爹从殿内迎出来。他好像一下子苍老了许多，满脸的红光像潮水一样消退，脸色枯黄，皱纹深得像沟壑。他龇牙咧嘴地在场子的凳子上坐下，说道："几天前开始，小腿肿胀得厉害，最严重的时候连床也下不了，只能靠床前的几包零食度日。"

　　我低着头，看地上的蚂蚁碌碌无为地跑来跑去，几乎接不上话。我最担心的事情，终究还是来了。

　　"哎，老了，身体大不如前。以前我几乎每到集市就要下山去买些生活用品，这两年不行啦，有时半个月下山一趟，有时一个月下山一趟，而且一趟下来总是腿脚发软，没两三天缓不过劲。"干爹抽着烟，眉头拧在一起，说话苍凉又苍白。我走过干爹说的那条路，坡度很大，并且雨天路滑。我能想象干爹颤颤巍巍走在路上的情景，每一个石阶都藏着风险，每一段泥路都有滑到的可能，再加山上虫蛇出没，每一次顺利的上山下山几乎都是避过了命运枪林弹雨的庆幸。

　　干爹木然地看着我，目光里不无苦涩和辛酸。他向来目光如炬，神色迥然，当这样的目光一旦软弱下来，令人忍不住掩面叹息。世间有些东西或许真的只能灿烂一时，过了这段缘分，怕是你再努力也无能为力。

六

那天晚饭是我和外公操刀的，我们用自己带来的菜，烧出一桌佳肴。我从窗台上拿下玻璃杯，给干爹倒了半杯酒，给我和外公倒了满满一杯。干爹犹犹豫豫地夹着桌上的菜，心不在焉地喝着酒，全然没有他平时的豪爽气概。

喝了几口，干爹就说喝不下了。他把杯子挪到桌子边缘，仿佛那是一个糟心的东西。我也没有浅尝慢酌的耐心，一口喝光了杯中酒后，冷不丁打了一个大大的嗝。

我们象征性地在场子上坐着。因为身体不适，干爹聊天的欲望大大降低，我茫然望着山下的灯火，一时间也找不到合适的话头。有风吹过，枫树沙沙作响，响得低沉落寞，响得哀怨自怜。

外公对干爹说："实在身体受不了，就回家吧，家里好歹有人照应。""不！我命中注定不是这样的人。我知道的。"他抽了几口烟，把烟蒂扔在地上踩灭。"时候不早了，我们去睡觉吧。"

那一夜，我失眠了，清醒地听着风声从瓦片上滚过。树叶摩擦的声音从窗外传来，其中一定有那棵枫树的声音吧。

七

有一天，我突然听到消息，说干爹不在山上了，与山下一位年过半百的女人组起了一个家庭。

我在夏天的时候去了他的新家。那是路边的一个小村庄，大概只有五六户人家，房子与房子之间隔着碧绿的田地，房前屋后都是令人心醉的绿色。干爹家是一幢二层高砖木结构的房子，门前有一个小院子，院子的左边有一口水井和一个小池塘。

见我到来，干爹的女人乐呵呵地迎出来。她身材矮小，但胳膊和大腿很粗壮，并且和干爹一样声如洪钟。干爹也乐呵呵的，他又恢复了满面红光的样子，笑声也重新变得爽朗。但我总觉得他变了，这种变化藏在他想大声说话却又碍于什么没有大声说话的尴尬里，藏在遇到事情总需要先用眼神咨询他女人的卑微里，藏在一有空闲就往田里赶的不自在里。

女人给干爹和我倒酒，让我们多喝酒多吃菜。我们饶有兴致地喝着酒，吃着菜，一杯酒很快就见底了。干爹的女人给我倒了一杯，随即把酒壶放在桌子上。干爹拿起酒壶欲往杯子里倒酒，却被一双手按住了。"老头子，别喝了，这儿大年纪了自个儿得有数。"干爹一怔，随即尴尬地收回手说："也好，也好。"他勉强挤出一个笑容，故作幸福道："她总是担心我喝多了对身体不好，其实不碍事的。"女人白了她一眼，抹抹裙子走向灶火间。"等会儿我去摘梨，你洗碗，洗完了来帮帮忙。"

我手里的筷子停住了，仿佛一个铁葫芦滚进肚子里。我无法评价干爹现在过的日子到底是幸福还是不幸福。放在普通夫妻身上，他们的对话没有任何问题，但放在干爹和她的身上，我总觉得有种道不明说不清的情愫。如果干爹曾经是一头狮子，如今已经失去了广袤的草原；如果他曾经是一只雄鹰，如今已经失去了高远的蓝天。但总归该为他庆幸的吧。失去了草原，狮子依然可以生存，只是心里的一些豪迈无处安放；失去了蓝天，雄鹰也依然可以存活，只是再也无法展开那对引以为豪的羽翼。很多时候生活总是你无法抗争的巨兽，或许你曾经冲破所有阻碍，但总有那么一块地方，是任凭你负隅顽抗也冲破不了的禁地。

洗好了碗，干爹对我说："你在这里歇会儿，我去果园，很快就回来。"他深深地看着我，仿佛在安慰我，也仿佛在极力掩饰自己。"不了，我还有事，下次再来看你。"我说道。

干爹也不再坚持，骑着三轮车，往果园而去。路边的广玉兰叶子沉郁，一脸的无精打采。我顿时想起了那棵高大的枫树，经年未打理，那棵树恐怕已经没有修长的枝干了吧。

耕耘是抵御寒冷的良方

那是非常寒冷的一天，山区的气温直逼零下十度。对北方的人来说，这样的气温不在话下，但在南方，这样的气温足以带走身上所有的暖意。

冬天农事清闲，人们通常借助烧火驱寒。外公往火塘里放一截木头，用细枝末叶将火引燃，再放几根比较粗的柴火，一堆火就启程了。火塘里转眼盛满火光，火光爬到我们的脸上，并爬上我们背后的泥墙。

外公仰着头，双脚放在火塘沿的石头上，拎着火炉，任火光在脸上跳跃。他直直地盯着火光，吐出一团又一团白汽。突然，外公放下火炉，朝手心哈了几口气，搓了搓双手，倏地站了起来。"坐着冷，不如干活去。"

外公找来刨子，搬出放在门后的几捆木柴。他把一条长长的凳子放在门口，随手抽出一根木柴，左眼瞄瞄右眼瞄瞄，俯身在长凳上刨了起来。木板粗糙的表面变成碎木屑，纷纷掉在地上。

外公招呼我："你可以把这些刨花拿去引火，火塘会烧得更旺。"我照做了，火塘里的火焰果然又高了一层。

我不愿意继续待在外公身边看他刨木板，转身继续坐到火塘边烤火。烤久了，便站起来看看外公刨得怎样了。他身边已经堆了好一摞刨好的木板。这些木板是用来做蜂桶的，一到春天，蜜蜂开始分房，蜂桶就派上用场了。

　　"外公你学过木匠活？"我问道。

　　"没有，全凭自己的想法做。"他把刨好的木板垒在一起，又俯下身来刨木板。

　　外公已经七十出头，快八十岁了。他的生命穿过了很多艰苦的岁月。小时候日子困难，兄弟俩没衣服穿，大冬天的穿一条裤衩。用什么来抵抗寒冷？干活。他朝手心唾了几口唾沫，拿出柴刀往山上奔去。冬天的风变成刀子，一道道划过他的腿。他丝毫不觉，直到停下脚步才发觉脚上生痛。他不能停下来，于是拼命砍柴。一棵棵滚圆的木柴倒下，外公身上终于有了热量，他甚至砍得满头大汗。

　　夜晚裹挟着风，从草房的所有口子里涌入。外公兄弟俩没有厚的被子盖，只能把许多干草堆到被子上。不要小瞧几棵草，草能给予的温暖并不比棉絮少。他们就是用柴刀和干草，把沉甸甸的寒冬送走了。

　　过了不久，外公已经刨好了一大堆木板。他揩了揩额头，似在苦笑又似在自言自语："你看，汗都出来了，天冷的时候，最好的办法是干活。"我摸着外公的手掌，果然温暖得很。外公通过干活，把心里的温暖转移到了手掌上。

　　从出生开始，外公就和寒冷抗争。他很害怕冬天，好像也很喜欢。过了年幼和年少的岁月，外公迎来了年青岁月，但由于各种各样的原因，他总是逃不过寒冷的侵袭。在二三十岁的时候，他独自上了山，成了单干户。那时，他已经娶了外婆。两个人住着茅草房，开辟土地。几年后，绿色在茅房边上盛放。这个以茅房为圆心的圈子慢慢变大，直到最后他一年可以种好几担玉米、好几担大豆、好几担麦子。外公终于穿上了厚实的衣服，盖上了暖和的被子。

　　过了几年，他有了我的舅舅、我的妈妈。他养了猪，又养了牛。那头黄牛成为外公的肩膀，替他出了不少力。他和那头老黄牛并肩走过了很多辉煌的岁月。有多少茬庄稼，在他们的汗水下绿了又黄。

　　他置办了石磨，时不时磨一次豆腐改善伙食。他栽种下了茶叶和毛竹。他忙完采茶忙农事，把时间用得滴水不漏。外公会挤出一点时间，钻进竹林里挖几棵新鲜的竹笋，把鲜笋和咸菜煮成一锅令人垂涎的汤，也会把笋晒干，在冬天做一个美味的笋干腊肉煲。外公终于给严寒的冬天塞进去一些温暖的东西。

　　在这么短的时间里，外公居然把两捆木板都刨好了。他擦了擦额头，大声喊了着"汗都出来了"。他把刨好的木板捆起来，重新放回门后，长长地舒了口气。"你去拿一只蛇皮袋，把这些刨花装起来，是很好的引火材料，可浪费不得。"

　　过了许久，外公又坐到火塘边。他转头对我说："天冷的时候，干活是最好的取暖办法。"他抿着嘴，直勾勾地盯着火塘里的火光。外公或许正是这样，才赶走了他岁月里所有的寒冷吧。

每一个舞台，都可以出彩

一个久未联系的同学给我打电话，说要去小学当老师了，以后就和我同行了。他从师范学校毕业后，到一家民营企业当了三年的办公室文员。

我说好啊，那恭喜了。

没想到学校并没有让他当正儿八经的老师，而让他带了小记者团，就是给小记者们上上作文课，教他们如何采访、如何采写新闻。后来他的校长觉得小记者团毫无生气，让他在周末多带小记者们出去活动。

策划活动？这对比较内向的他来说简直是个挑战。我可一窍不通啊，本来以为能当个普普通通的老师，没想到这下跳到坑里去了，他在电话里叫苦不迭。

虽然心有惶恐，可校长既然已经开口了，他也不能怠慢。他上百度检索，上知乎提问，在万能的朋友圈里求救，搜集了一大箩资料和经验。

几天后，他在这些杂乱的信息里拣了些有用的，形成方案，并诚惶诚恐地交给了校长。校长皱着眉头抽着烟，迷漫的烟雾把他搅得坐立不安。

第一次策划活动嘛，还可以，不过太中规中矩了，策划要大胆一点，格局要大一点，活动也要再新颖一点，你要多和社会打交道，建立自己的资源。校长寄予厚望地拍拍他的肩膀，把他送出校长室。

这让他多少有些安慰，不过还是一片茫然，虽然策划案写好了，真正落实还远着。他根据活动流程联系各方资源，场地啦、用车啦、物料啦，真是不一而足。

那个周末是他第一次组织活动，他紧紧盯着策划案，走着流程，跌跌撞撞终于把活动做下来。活动结束上车的瞬间，他长吁一口气，感觉打了一场漫长仗。

校长总结，活动还是成功的，每个环节都有条不紊，下次要再活泼开放些。

看来以后自己要经常和策划活动打交道了，他绝望地想。

他啃读关于策划的书籍，结交了几位搞策划的朋友，日夜取经。第二次活动就好了许多。

做了几次活动，他竟然从中找到了兴趣和成就感，特别是一次和农场合作组织了活动之后。他拨云见日般地想，自己可以和很多机构合作策划活动，比如银行啦、农庄啦、民俗村啦等等。

有一次他和某民俗村的合作活动，引起了当地媒体的关注，还上了个头条。就这样，他走上了策划的"不归路"。他带的小记者团红红火火，屡获各种奖项。后来，他理了思路，形成了一套关于策划的标准化操作。不仅策划校内小记者团的活动，他还策划起校外的商业活动来了。

前几天，我们几位老同学聚了聚，他说准备注册个策划公司，包括婚礼策划、活动策划、项目包装等。行啊，几位同学对他说道。

看来，星星之火可以燎原啊，有位同学文绉绉地说。

他略一沉思说，不完全对，是每一个平凡的舞台都有精彩。

他的话让我想到我的一位朋友。他是个文青，一心想到杂志社上班。后来，他终于如愿，进了杭州的一家杂志社。不过老大并没有让他看看稿子喝喝茶，而是让他搞发行。他在私媒体上更新说，本来以为可以圆了编辑梦，没想到得了个卖杂志的工作，不过也好，好歹和杂志有关系了。

　　刚开始做发行，我的朋友一头雾水。老大告诉他，卖杂志就是搞销售，要和不同的人打交道。慢慢的，他也领会了老大的意思。他发行的杂志是面向青少年的，于是他决定和学校联系。半年下来，他把浙江的中小学跑了个遍，虽然没有当上编辑，但使杂志发行量增加了不少。后来，每到秋季，一些中小学就会主动联系我朋友，老哥，明年的杂志开订了吗？

　　他的老大我见过一次，很为他得意地说，我们小胡可是杂志社的顶梁柱。原来，朋友已经是杂志社的副总了。

　　他们的发展出乎我的意料。有些舞台看似黯淡，但你上台一努力，就发现眼前一片灿烂。

那一年，父亲的怀抱

十六岁那年，我报考了一所远离家乡的三加二学校。我开学前，父亲百般无奈，他几近愁眉不展，喃喃自语地说，干吗要去那么远的地方读书呢，在县城读多好，天气冷了，我可以给你送衣服，我可以定期来看看你，可是你到了省城，我怕是路也找不到。

他或许不知道，我就是为了避开他，才选择千里之外的省城。在我读小学、初中的九年时间里，他没少来看我，带着菜，或衣服。他的出现总能在我的同学里引起不少的轰动。他头戴草帽，永远穿一双解放鞋，背着一个破皮袋。久了之后，同学们给他取了个绰号，叫"草帽"。他一出现，同学们就纷纷跑来告诉我，小范，草帽来了，在门口等你。在一阵哄笑中，我脸白一阵红一阵地跑出校园。

见到我，他很欣喜，马不停蹄地嘘寒问暖。路边不时有同学经过，认识我的同学会与我打招呼，小范，你爸呀？我支吾着，半天说不出话。

我上初中后，他依然常来学校，不是给我带吃的，就是给我送衣服。许多次，他拉开破皮袋的拉链，掏出几块蕃薯，或拿出几个板栗。他兴冲冲地告诉我，今年，家里的蕃薯又丰收了，家里收获了好几百斤板栗。我低着头，躲避着同学们的视线。他却全然不顾我的神情，继续喋喋不休。到最后，我朝他吼了一声，你什么时候才能不戴草帽，不穿解放鞋，不背这个破皮袋。他有些惊讶，继续有些尴尬地搓着手说，庄稼人嘛，习惯了，别的鞋子穿着不舒服。

我跺了跺脚，飞似的跑回教室。

很快就开学了，父亲开始显得焦躁不安。他为我准备好生活用品，又往破皮袋里塞了不少零食。开学那天，他依然背着那个破皮袋，穿着解放鞋，唯一不同的是少了头上那顶草帽。

我们乘汽车、坐火车，终于到了我就读的学校。我很快认识了一个名叫小胡的同学，初次见面，我们相聊甚欢。缴费、领寝室用品，我和小胡一路相随，有意把父亲抛在身后。烈日炎炎的九月，他拎着大包小包走在学校宽阔的水泥路上。我突然有些难过。但这样的感觉转瞬即逝，我很快又沉浸到和小胡天南海北的闲聊里。

父亲帮我安排好了床铺，又补充了一些生活用品。午饭过后，我催促他，可以回家了，再晚没车了。他的脸上掠过一丝犹豫，初来乍到，你一个人可以应付么，你毕竟才十六岁。我不耐烦地说，不是还有小胡嘛，我晚上和他睡。父亲看了看我，不置可否。

在我的再三催促下，父亲决定回家。临走前，他深深地看着我，那样子，仿佛要把我刻进脑海里。我送走了他，心里长长地舒了口气。

我们寝室总共四个人，离家近的都回家了，寝室里只剩我和小胡。临近傍晚的时候，小胡忽然接到他父亲的电话。他看了我一眼，有些歉意地说，不好意思，我爸爸来接我了，叫我晚上回家住。

那一刻，我懵了，巨大的孤独和落寞感紧接着袭来。想到要一个人在寝室里，面对这座城市的黑暗，我突然恐惧起来。我后悔送走了父亲。他的草帽、解放鞋、破皮袋，都在我的脑海里清晰并且亲切起来。我想起他临走时深情的眼神，忽然泪流满面。

眼下，我不知道到哪里吃饭，更不知道夜晚要如何入睡。我关上寝室的门，准备到校园里到处走走。

我走出宿舍，愣住了。是我父亲！他正挎着破皮袋，在门口愣愣地看着我。你没回家？我发觉自己已经有了哭腔。我还是担心你，决定不回家，在你们学校附近逛了几圈就回来找你了。

我飞快地奔到他跟前，一头扎进他的怀抱里。那是第一次，我那么安静地趴在他怀里，感受着他那么温暖的气息。

他拍了拍我的背说，哭什么？爸爸在这里呢。我吸了吸鼻子，眼泪如洪水般涌了出来……

年少时的虚荣外衣

三年级开始，我告别了村校，到镇里上学。这意味着我无法每天吃到母亲做的新鲜菜。我和那些已经在镇里读书的伙伴们一样，靠梅干菜下饭。

开学前一天，母亲为我准备第一个星期的梅干菜。她往锅里倒了许多猪油，还加了一些黄豆。闻着锅里飘来的香味，我舌下生津。第二天，我接过母亲手中的菜桶，满脸欣喜。我很期待在学校的第一餐饭，期待我的梅干菜引来无数羡慕的眼光。

我着急地拿出箱子里的菜桶，一位同学大叫起来："嘿，你的梅干菜怎么这么黑，这么粗？"我几乎被他的声音吓了一跳。同学们纷纷围过来欣赏我母亲的"杰作"，并不约而同地嘲笑起梅干菜的长相。对比其他同学色泽金黄的梅干菜，我的确实又黑又粗，丑陋不堪。我像只斗败的公鸡，满脸颓丧。

心里期待的一切都蒙上了灰色，我无心吃饭，匆匆扒了几口后就把饭菜倒进了泔水桶。此后，吃饭成为我最难熬的事情。同学们都互相换菜，你吃我的，我吃你的，我像被世界遗弃的孤儿，独自在角落默默扒饭。

回家后，我抱怨母亲。她喃喃："怎么会呢，我放了这么多油，又加了黄豆，闻上去不知有多香。"我大喊："你炒的梅干菜太难看了。"她提高了分贝："菜是拿来吃的，不是用来看的。"这道理我懂，然而年少的虚荣让我情不自禁地本末倒置。母亲安慰我："你放心吧，这次炒出来的梅干菜肯定比上次的好看。"

结果并不像她说的那样。母亲这次炒出来的梅干菜依然丑陋不堪。年少的虚荣紧紧地箍住我，以致我以貌取菜，没有再去品尝就将它弃在箱子里。取而代之的下饭菜，是小店里的豆腐乳与榨菜。同学们对这两样菜很感兴趣，总是抢着把筷子伸进我的饭盒。我虽然经常被他们抢得无菜下饭，但心口却溢出幸福。此后我都用豆腐乳与榨菜下饭，并因同学们的竞相争抢而幸福不已。母亲炒的梅干菜，在周五被我原封不动地倒进泔水桶。我不知道，如果母亲知道这事，会有多伤心。

一年后，学校有了食堂，我和母亲都结束了为梅干菜而苦恼的日子。

有一年正月，母亲炒自家种的花生，由于火候掌控不好，把花生炒焦了。开学时，母亲叫我带一些花生到学校里吃。我不假思索地说："我不喜欢吃花生。"母亲宠溺地看着我："别跟我来这假惺惺的一套了，我炒的花生多半还不是你吃的。"我没法拒绝，只能任她把花生装进书包。刚过完年，同学们的书包都鼓鼓囊囊，花生、瓜子、苹果、桔子一应俱全。他们看着我带的黑乎乎的花生，脸上写满惊讶。我上铺的同学嚷着："这么黑的花生能吃吗？"与他们的白白净净的花生相比，我的确实相形见绌，我象征性地吃了几颗后，把花生扔进了垃圾桶。

我小学毕业的时候，母亲来学校帮我拿行李，她从我的箱子里拿出一袋黏糊糊的东西说："这不是自家做的柿子干吗，你怎么放着没吃？"我愣愣地站着，半天说不出话。那是母亲亲手做的柿子干，我习惯性地怕同学笑话，就没好意思吃。母亲疑惑地问我："你咋不吃呢？"我低着头，还是没说话。她脸上的困惑渐渐成了失落。她一声不吭地把发烂的柿子干扔进垃圾桶，自言自语道："多好吃的柿子干，我熬了好几夜才做出来的，你居然让它在箱子里发烂。"我喉头发紧，鼻子发酸，一瞬间，心里的愧疚波澜壮阔。

母亲长得结实，干农活得心应手，但做细活确实有点儿力不从心。尽管如此，母亲还是想方设法变着花样给我做好吃的。

我读大学时的一个寒假，母亲买来许多板栗。晚饭后，她系上围裙，锅前灶后忙个不停。她把炒好的板栗放在箅子上，满心期待。炒板栗味道很好，只是样子依然差强人意。她的目光充满探询的意味，我认真地点点头说："好吃，真的好吃。"她松了口气，笑了，脸上满是欣慰。我平静的内心像被突然投了石子，泛起苦涩的涟漪。我一直都没有好好吃过母亲做的东西，这对她来说是多么残忍的事。

开学前一晚，我叫母亲给我炒些板栗，说要带到学校吃。她像领到圣旨的大臣一般高兴，连忙系上围裙朝灶台走去。我看着她的背影，心像被一只大手捏住一般难受。

到了学校，我在寝室里津津有味地吃着母亲炒的板栗。室友狐疑地看着我，我犹豫了许久，终于如释重负地说："我妈炒的板栗，你要尝尝吗？"他愉快地拿了一个。"哟，好香，我原来以为这黑乎乎的东西不好吃呢。"他夸张地大叫起来。

那天下午，我与室友分享了我母亲的杰作。后来，我忽然有些伤感。前些年，我披着虚荣的外衣，辜负了母亲给我的许多爱。而今，我终于能舍弃虚荣，发现母亲给我的爱，原来那么绵长。

山的精灵

上学之前，我一直住在舅舅家的果园里。那是一个宽阔的果园，坐落在半山腰，离山脚的石贝村大约有两公里的路程。上学之前，我骑着大黄牛，带着舅舅家的大黄狗，天天在果园里瞎逛。

我认识老马的时候，他已经四十开外。他常常穿一件黑色西服，一条白色裤子。在我们最初几次的见面里，他一直以这身装扮出现。

老马几乎三天两头往山里跑。我问他，你怎么老是到山上去呢？

他扬了扬手上的蛇皮袋说，我去山上抓蛇。说完，他把蛇皮袋束在腰间，往树林里钻去。到傍晚的时候，他再次出现在我面前。本来被束在腰间的蛇皮袋，现在被他拎在了手上，并且鼓鼓的。

老马告诉我，今天下午赚大了，他抓了一条眼镜蛇。他拎起蛇皮袋，准确地拿住蛇头，接着他把蛇皮袋扔在地上。而那条蛇，早已缠住他的手臂。

那蛇正对着我，直吐信子。我如同兔子般蹦出老远。老马笑呵呵地说，你不用怕，有我在呢，你来摸摸它的身体，可凉了，就像冰箱一样。

我把头摇得跟拨浪鼓似的。

他鼓励我说，没事的，蛇头已经被我捏住了。

我依然摇头。

老马到我舅舅家拿来剪子。我没看见他的具体动作，只听到"咔嚓"一声。好了，老马转过身来说，它的毒牙已经被我剪了，现在你可以大胆地过来摸了。

他劝说了好久，我终于有些心动。我战战兢兢地伸出手，一股子冰凉立即从指尖传来。我条件反射般后退了几步。

老马问我，感觉怎样？我不迭地点点头说，确实很冰，不过它的身体让我感到很恶心。老马再次鼓励我说，其实它的身体很光滑，你再试试。我又试了一次，蛇的身体果然光滑得很。那个下午，我居然沉浸在一次又一次的尝试里，不可自拔。我想，我和老马的友谊，就始于那个阳光明媚的下午。

第二天，老马带我去捉蛇。我们钻进稀疏的灌木丛里，边走边探。隔了一会儿，老马告诉我，今天的任务并不是捉蛇，而是带我到山里到处逛逛。他把我带到一个长满野草莓的山洼里。那是一片低矮的洼地，鲜红的野草莓在午后的阳光里发出夺目的光彩。

老马说，你在这待一会儿，我去去就来。他回来的时候，我还在津津有味地吃着野草莓。我转身看他的时候才发现，原来他的手上多了一只乌龟。他朝我笑笑，又五六百钱到手了。

那天的傍晚很快来临。老马说，咱们明天再来，明天我带你去吃水密桃，一般人我不告诉他。

老马果然守信，一大早就叫我上山。我们走了很久，终于到了那片桃林。其实桃树不多，就五六棵，但是桃子长得特别旺。我利索地爬上树，坐在枝桠上津津有味地吃了起来。

吃饱了之后，我们一起在桃树下坐下来。

我问，为什么你对山上的东西总能如数家珍。

老马笑了，笑得有些得意。他说，我对村庄附近那些山的熟悉程度，不亚于你们对家的熟悉程度。

是的，他是一个靠山吃饭的人。他知道哪里有鲜美的竹笋，哪里有甜蜜的樱桃，哪里有茂盛的茶叶。他甚至知道，哪一只鸟在哪一棵树上栖息，哪一条蛇在哪一个洞口出没。

一个初秋的午后，舅舅的果园旁忽然出现了一群人。我一看，带头的是老马。跟在他身后的是一群穿着白衬衫，黑裤子，运动鞋的乡镇干部。

原来，乡镇干部要来考察山上的珍惜植物。村长马上就想到了老马，于是让老马带他们到山上考察。

老马让我也跟了去。考察完毕后，老马忽然问乡镇干部们，你们有谁想吃弥猴桃的吗？

乡镇干部们纷纷说想吃。老马带他们到了一块朝北的山坡。那里的弥猴桃长得很旺，很甜，并且很容易摘，老马说。

乡镇干部们七手八脚地摘了起来，他们很快摘了不少。正愁没工具装的时候，老马变戏法似的从腰间掏出了他的蛇皮袋。乡镇干部们一愣，顿时无比欣喜。

下山的途中，发生了一点小插曲，一个约摸三十来岁的乡镇干部被蛇咬了。那青年紧咬牙关，一脸痛苦。

老马翻出自己的小皮袋，迅速用绳子绑住青年的大腿，然后拿刀片剖开青年的伤口。青年的伤口已经乌青，老马又点燃一张纸，把纸扔进一个小杯子，然后把杯子罩在青年的伤口上。说也奇怪，那杯子如同长了嘴似的，紧紧地咬住青年的大腿。最后，老马拿出一些药粉，撒在青年的伤口上，并叮嘱他下山后去乡卫生院看看。

青年很是感动，后来的许多年，他一直到老马家拜年。老马每次都说，那只是举手之劳，何必每年都拿这么多东西。

青年感慨说，那是毒蛇，如果不是你在场，我估计已经没有这条命了。

老马摆了摆手，说道，不说这么多，我们喝酒，喝酒。

第二年秋天，我的父母从外地打工回来，而我也到学校上学去了。假期里，我到舅舅家的时候，总能碰到老马。春天，他背着篓子采茶叶。夏天，他拿着蛇皮袋抓蛇。秋天，他带着小禾锄采药材。冬天，冬天是老马最闲的时候。但是，闲不下来的他还是要到山里转转。

每次碰到老马，他都给我一些山货。那个年代，老马给我的那些山货总让我们村里的小伙伴垂涎三尺。

二年级的暑假，我照例又到了舅舅的果园里。直到暑假结束，我也没见到老马。舅舅告诉我，老马到外地打工去了。

为什么？我问，他在山里不是很好吗？

舅舅感叹，前些年还好，但是现在他的收入比不上那些外出打工的人了。

意外的是，那年秋天，我在舅舅的果园里见到了老马。他说请假回家收板栗，抽空就到山上转转。看来，他还是舍不得山呐，我想道。

见到老马，我很高兴，他也同样高兴。他把我拎起来，在空中摇晃了很久才放下来。那几天，我刚好放农忙假，老马说，我带你去我打工的地方玩吧，过两天我们就回来。

我欣然答应。

我和老马坐了好久的火车，终于到了他所在的城市。老马就在一个建筑工地里干活。他们一群人住一个工棚，棚里乱七八糟的。他们的碗筷杂乱无章地放在木板上，他们的床铺歪歪斜斜地摊在地上。

回来的车上，老马问我，城里好玩不。

我回答，还是山上好玩。

他看着窗外，没有说话。我却忽然心痛起来，曾经是一个山的精灵，却终究沦为了一个城市的过客。

杉树

一

浙中地区几乎每一座山上都有杉树。在我的家乡，更甚。

外公家独门独户，离自然村差不多有五里山路。房子的左边右边后边都是树。最常见的就是杉树。杉树自然成为外公的保护对象。他经常去附近的林子转转，把树干三分之二以下的树枝砍掉，一来是让杉树看起来更修长，二来解决了家里的柴火问题，三是最重要的，可以让杉树长得更好。

房子的左后方有一长垄平地，地的一边有十来棵杉树。这些树毫无例外，都得到了外公的精心照顾，树身修长，树干粗壮。

外公对树很有感情，时不时就要背着手到林子里巡视一番。虽然树很少会生病，但他却似乎总放心不下。有时，看着树，眉头莫名舒展，嘴角沏出浅浅的弧度。

外公一般只砍松树或杉树的树枝烧，树枝砍完了，就到稍远的地方砍灌木烧。在外公家歇脚的人一脸疑惑地问他，屋子旁边有这么多树，你干吗不拿来当柴火，要到这么远的地方去拿柴烧？外公忙摇头摆手道，不可以不可以，这么好的树，怎么舍得当柴烧。那人便无奈又悲哀地笑，都什么年代了，树已经没那么值钱啦，乔木更耐烧，灌木不耐烧，你呀，真是……

外公就自嘲地笑笑。

夏天的一个傍晚，空中突然乌云滚滚，雷声响彻天际，一道闪电从劈下来，连接天地。坐在小桌子旁喝酒的外公猛然浑身一震，道，这闪电恐怕要劈死一棵树了。说完，他喝了一口酒，摇头叹息。

第二天早上，我刚起床，外公便惋惜地对我说："果然，坪头的一棵松树被闪电劈死了。多么好一棵树啊，才十五六年呢，我前几天还修了它的枝。过几天我可以拿来当柴烧了。"

二

树虽然不怎么值钱，但对于闲赋在家的人来说，砍几棵树拿到市场上卖，就能解决烟酒问题。那时候已经封山育林了，政府是禁止砍树的。

晚上，外公照例坐在小桌子旁喝酒，就着咸菜、豆腐、腌辣椒、猪肉。他一边吃，一边皱着眉头，似乎惴惴不安。"啪"的声音从屋后的树木里隐约传来。外公像狩猎的豹子一样猛地从凳子上蹿起来，操起一把柴刀拿着一把手电筒往朝后山奔去。

"政府都禁止砍树了，你怎么还做这种偷偷摸摸的事。"外公怒斥道。

"你又不是政府，你怎么管这么多。况且这也不是你家的树，你莫名其妙发这么大火做甚？"那位肩上扛着树的汉子恼火道。

"这确实不是我家的树，但难道就是你家的树了？不要管我是不是政

116

府，只要让我看到，我就不会让你把这树扛走。"外公的右手按着别在背后的柴刀的手柄，气势汹汹地说。

扛树的汉子愣了会儿，放下手中的树，说道："我看你守住多少地方，看你能活到几岁，爱管闲事的老东西。我懒得跟你计较。"说完，悻悻地走掉。

我很少见外公发这么大的火，他发泄着满腔怒火，气得浑身颤抖。

外婆安慰他："你不用去管这些事了，人家砍的又不是咱家的树。"外公看了她一眼，不作声，端起酒杯喝了一口酒。

有一年初冬，外公的一位侄子（也就是我的堂舅），在傍晚时分出现在外公家门口。吃罢饭，堂舅说："我家房子已经造了三层了，明年春天准备把房顶盖下来，能不能卖我几棵杉树？"外公看着酒杯，仿佛要把酒杯看穿。堂舅轻声叫道："叔叔……"

"哦，这是大喜事嘛。叔叔一定把自家最好的杉树给你。"外公像是突然回过神来似的，朗声说道。

堂舅点了点头，如释重负。

三

第二天东方露出鱼肚白，俩人就起来了。外公拿着柴刀、锯子，站在门口，背着对屋子，往左边看了看，又朝右边看了看，最后目光艰难落在了屋子左后方那十几棵修长、粗壮的杉树身上。"先到那里挑几棵吧……"外公说道，"你走前面。"

外公在地头站定，抬头看看这棵，又看看那棵，从这头走到那头，又从那头走到这头。"叔叔，这几棵树都很好！""是很好。"外公点头说，"这里的树砍一半吧，完了我再带你去别的地方看看。别处的树也这么好。"说完，他蹲下来，挥着柴刀砍了起来。他砍得很卖力，有点儿像赌气。不过几分钟，"哗啦"一声，巨大、修长的杉树倒了，那块地仿佛顿时亮堂了许多。外公长长地舒了口气，直起腰，定定地看着那棵倒下的树。"又有柴烧了。"外公苦涩地说道。

那里的十棵树被砍掉了五棵。外公把所有的树修理好了后，拿了几根树枝把五个白乎乎的树桩盖了起来。"叔，这是你自家的树，不用怕护林员看到呀。"外公轻轻地点了点头，没说话。

用了一个上午的时间，外公陪堂舅砍好了他所需要的木材。

堂舅问外公："叔，这么多树，多少钱？"说着从口袋里掏出一叠红红的纸币。外公用严厉的眼神和决绝的动作制止了他。

吃过午饭，堂舅走了，临走时说："这些树先搁这儿，等明年春天我来取。过几天我来给树去皮。"

"好，我会给树去皮的，这些事儿你都不用操心。"

"那怎么行。"

"我说行还怎么不行？"外公问道。

堂舅只要作罢。

堂舅走后，外公感慨："一棵树长到这么大起码要十多年，甚至二十几年，可是倒下却是一瞬间的事。这就是砍树人的罪孽所在。真是碰上了侄子没办法。"

外公还是经常要到附近的林子里转转，似乎是去问候老朋友。有一天早上，外公端着碗在门口的晒谷场上喝稀饭。他看到屋子左后方那五丛已经发黄了的杉树枝，对外婆说："那几丛树枝别搬回来烧了，让它们烂在那儿吧。"

我呆呆地看着那几丛黄得发红的树枝，它们就像早已失效了的创可贴。

听不到，至少还可以笑

从记事起，我就不能好好和外公讲话。随着慢慢长大，我越来越不能和外公好好讲话。因为外公的耳朵越来越聋了。

近些年，外公的耳朵修炼到了一定的境界，几乎达到拒绝一切声音的程度。跟他讲话比较费劲，总有种一拳打在棉花上的无力感。每次在陌生人面前，我都不敢和他讲话，生怕落下目无尊长的骂名。

我想，外公有时该很为自己的耳朵得意。比如每年春节。过春节最让人恐惧的除了吃喝就是烟花，尤其大年三十夜。家乡有关门开门的习俗，就是大年三十夜关门时要放烟花，大年初一开门时也要放烟花。而每家每户关门开门的时间各异，所以烟花的爆炸声可谓分布在大年三十夜的每一个点。再加上有些土豪总要买几个特别震耳欲聋的烟花，来折磨本来就不堪重负的耳膜，大年三十夜成了失眠夜。

这一夜，数外公睡得最好。空中爆炸声如雷，外公的床上鼾声如雷。邻居家开始放烟花了，外公的睡眠终于被打断。他翻个身说："有人放烟花了。"大年初一起床，我问他睡得好不好。他点点头说："挺好的，现在放烟花的不像以前那么多了。"

有一次，我和他一起坐公交。车挤得像沙丁鱼罐头。外公在下车门口站定，就抓着扶手饶有兴致地欣赏起窗外的风景来。到站时，外公挪了挪身子让几位乘客下了车，然后又恢复原样。一个一时没挤出来的女孩被外公庞大的身体挡住了。她拖着行李箱，喘着粗气说："让我过一下。"外公没反应。"嘿，你倒是让我走一下呀。"女孩的声音根本进不了外公的耳朵。"怎么回事啊，到底让不让？"外公的耳朵还是没法接收到女孩的声音。"喂，你到底长没长耳朵啊？"外公依然凝神窗外。最后，女孩面红耳赤，推了推外公道："好狗不挡道。"外公终于回过头，笑眯眯地露出仅有的两颗牙齿，问女孩："下车啦？要帮你把行李箱拿下车吗？"女孩愣了愣，逃也似得下了车。的确，外公听力不好后，笑容多了许多。无论见到谁，遇到什么事，总是笑脸先上。

有一回，他走在街上，慢慢悠悠，脚步摇晃。后面的电瓶车没法超越，骑车人只能鸣喇叭。但外公听不到，依然故我。骑车人不禁皱眉嘀咕。等车快骑到并排时，外公终于听到喇叭声。他转过身，脸上全是无辜的灿烂，还朝骑车人挥了挥手。骑车人恍了瞬间，不好意思地走掉。

外公听力不好，倒是给了自己很多清净。春天的一个午后，外婆气呼呼地跑进家门说："好你个毒舌妇，竟然到处说我偷采你家茶叶，谁要偷采你家茶叶了。"外公正在喝酒，他睁大眼睛疑惑地问到："怎么了？""怎么了怎么了，反正有人骂你你也听不见。"外公喝了口酒，夹了块豆腐，慢条斯理地说："我没听到有人骂我啊。""等你听见天都塌下来了。"外公又喝了口酒，夹了块豆腐。"我听不到，所以心不烦。你就是听得太真切，所以烦恼也多。"外婆白了他一眼，讪讪地走了。

我不知道外公有没有听到别人说他的坏话，也许没人会说他坏话，也许有人说了他没听到，又或许他听到了当作没听到。

不过我似乎感觉到，外公耳朵越来越聋，心倒越来越宽了。

120

养蜂人

即使忙里偷闲，我也十分喜欢到处走走。如今也愈发明白，挤出来的时间多半是快乐的。

在快乐的心境里，我居然碰到一个养蜂人。那天下午阳光大好，像金色的水一样从对面的山头漫延过来。我的身边是高低错落的乔木和灌木。耳边突然响起嗡嗡的蜂鸣声。四下张望，并未见蜂影，我想再看个究竟，耳边传来几声咳嗽声。映入我眼帘的是一位年过六旬的养蜂人。

他将圆形蜂桶捆在一根粗粗的竹竿上，将蜂桶送到大树的枝丫间。少许，蜂桶稳稳地立在枝丫上。我这才看到枝丫间那团黑乎乎的东西，那是一个蜂球，嗡嗡声正是从那里发出的。

老汉坐下来抽烟，并递给我一支。他说这群蜂是从他家蜂桶里分出来的。他早上就注意到蜂要分群了，但它们迟迟没有动身。十一点左右他去做饭，突然听见嗡嗡声从窗口传来，他忙追到门口，发现蜂朝东南方飞走了。他于是从抽屉里拿了几个面包和几瓶牛奶就飞身追来了。

"我花了好大的劲才找到它们，没想到他们翻过山头到这里来了，挺能飞。"老汉踩灭烟蒂，笑着对我说。我不难体会他的爱蜂之情，他在说这一切时，仿佛在数落自己淘气的孩子。

老汉站起来，对着蜂桶喊："快进蜂桶，天快黑了，我们得回家了。"蜂像是听懂了他的话，分钟后就进了蜂桶。

"小伙子，恐怕你得帮我个忙。"他说，"待会儿我把蜂桶放下来时，你得帮我看着儿点，要是蜂桶摔坏了，这些蜂可不知要怎么度过今晚了。"

他扎起马步，把本来立着的竹竿慢慢放倒，我站在他三米外的地方迎接蜂桶。他把一块布摊在平整的石块上，将蜂桶放到布的中央，将布的四角拢上，再用尼龙绳扎住蜂桶的下端。

四周黑下来，一切都步入黑暗，枝丫间还有几只蜂在嗡嗡作响。老者望着枝头的方向，点起一支烟，幽幽地说："这事每次都叫我难过，因为总有几只蜜蜂会掉队。"他抽完烟后，抱起蜂桶小心翼翼往山顶走，临走前还朝枝头喊了声"希望你们明天能找到这些同伴。"我帮他打着手电，心里有些难过。

到老汉家时，已经是晚上八点，他抱歉地说："小伙了，肚子饿了吧，先吃点面包，要等我把蜂安放好才有东西吃。"

他抱着蜂桶走向蜂场。说是蜂场其实只是块空地，地上已经放着二十来桶蜂。此刻，我耳边嗡嗡声响成一片。老汉打趣地说："这么早，蜂儿们就开始打鼾了。"他找了个空位放下蜂桶，并拿长长的青草放在蜂桶顶端拿薄石板压住。他说："蜂其实很聪明的，作了标记就能认到。"

安放好这新成员，老汉又走到每桶蜂前，把耳朵贴到蜂桶上听了听。他像婴儿般咧嘴笑着说："都在做美梦了。"这是一个有趣的老头。

老汉住的地方离村子大约有四里路，妻子儿女都劝他不要养蜂，回家过安逸日子，但他说："在家休息哪能享受到有养蜂的乐趣。"老汉住的是一间土房，据说以前是林场的房子，现在成了他的栖身之所。

那晚，老汉炒了一盘猪肝，炖了一锅笋干豆腐，还炒了一盘腊肉。他拿出放在柜子里的一瓶伊力特曲说："今晚遇到你真高兴，能这么耐心听老人家胡扯的年轻人不多呀！"我打开酒瓶给他倒满酒，其实我才真正高兴。

酒过三巡后，老汉给我上了一堂科普课。他说，每次想到蜜蜂的劳动，就直想掉眼泪。蜂蜜要采 1500 朵花才能获得一蜜囊花，一蜜囊花是多少？还不够蚂蚁喝上几口。蜜蜂这一生，只能给我们提供大约 0.5 克蜂蜜，0.5 克蜂蜜要了蜜蜂的一辈子。

许是酒喝多了，老汉果真开始老泪纵横。他以近乎悲痛的口气说道："夏天时，天气炎热无比，他们必须用翅膀不停地扇，把蜂巢的温度降下来才能保住蜂蜜。你说，还有哪样动物活得比蜜蜂还认真？"

老汉的眼泪扑簌簌地落进酒杯里，我也开始跟着哽咽。

那晚我们吃完饭，下旬的月光已经淌在门口，星星正灿若灯火。

次日起床，屋子里早已不见老汉的身景。我趴在窗口眺望，见老汉正在蜂场，弯着身子侍弄蜂儿。他看看这桶，看看那桶，每一个都是他的孩子，似乎怎么也看不够。过一会儿，他向屋子走来，有些生气地说："这些马蜂太可恶了，时不时来抢蜜蜂的蜜，还把蜜蜂咬死。他们都叫我要多回家，这怎么叫我放心得下？"

第二次到老汉家已是半年后，深秋，山上分外凉爽。老汉一看到我就说："这次你来得好，我正好取了蜂蜜。"是夜，我与老汉又喝酒至深夜。次日早上，他将赠给我一瓶蜂蜜。我说："这么贵重的东西，我不能要。"老汉停住手上的动作，走到我跟前一脸严肃地说："你以为我取蜂蜜是为了卖吗？我这里产蜂蜜不多，基本上送给了要好的朋友。"我一时语塞，嘴里挤不出任何言语。

老汉送的那瓶蜂蜜，我在很长一段时间里都不忍开启。蜂蜜醇厚，色泽金黄，那颜色像蜜蜂，也像老汉！

一杯酒

外公是老实木讷的农民，平日不善言辞，但酒是他的好兄弟。

外公喜欢喝白酒，也喜欢喝黄酒，但他有个规矩，早晨不喝酒。这把他从和他年龄相仿的人当中区别开来。

其实外公喝酒并不多，每餐一小杯白酒，或者一小碗黄酒。没客人时如此，有客人时也如此。每逢春节或宴会，亲朋好友总是较多。酒精是燃烧过的液体，也能燃烧人的身体，但对外公来说好像不奏效。酒精把一桌人燃烧成熊熊烈火，外公依然是那湾安静的清水。每逢大伙相聚，被酒点燃的亲朋总是一杯接着一杯，只有外公，依然一口一口地抿。有人劝他再喝点，并拎起酒壶要倒。外公忙端起酒杯，用左手拒绝："不了，我已经喝够了，不再多喝。"客人不再劝酒，外公把酒杯放回桌面。若有人执意拎起酒壶，外公则把杯子从桌上拿到身后，左手作推挡状。外公不说话，但他的姿态告诉所有人，我够了，不再喝了。

外公与酒，我很难说他们的关系是什么。是朋友？好像少了一点腻乎；是情人？好像少了一点暧昧。

124

酒是一个港湾，让外公有个停靠的地方。外公是一个脸朝黄土背朝天的农民。一年中的大多数日子，他和土地、农具打交道。生活的担子使他劳累不堪。好在有酒。生活把他的腰压弯，把他的肩压垮，但他一进家门，就像口渴的人找到了泉眼。他迫不及待地放下农具和浸泡了一天的繁忙，在桌旁坐下，倒一杯酒，不管酒菜好与不好，边喝边吃菜。他喝得不快，似乎并不想把生活的劳累发泄到酒身上。他喝得也不慢，他喝酒，永远都是不疾不徐的模样。

外公由于老实木讷，在生活中难免有诸多不如意。有一年，他的富豪邻居占了他的地基。刚开始，他奋力反抗，可慢慢的，他就像深秋的太阳，愈来愈没有热度。也许他知道自己无法与官商勾结的一派相抗，所以慢慢吞咽了苦难。我当时年纪小，还不知道世态炎凉。在邻居开工建设那晚，外公坐在桌旁。他喝酒的情况与平常一样，依然是倒上一杯酒，就着桌上的菜，喝一口，往嘴里送一筷子菜。这样的动作重复了好多回，杯中酒已干，外公居然有了醉意。他托着脑袋，长长吁了口气，放下筷子走出家门。

外公对我很宠爱。大学毕业后，我在离家不远的地方工作。每到周末，我都要陪外公喝几杯。每次见到我，外公都很开心，虽然他没说什么，但这种情绪很直接地体现在他的脸上。到喝酒时分，他问我："你要喝什么，白酒，黄酒，还是啤酒？"我回答："什么酒都行，随你高兴。"

他突然乐了，眉毛和嘴角都上场，露出两颗仅剩的牙齿。他在桌旁坐下，像进行一场庄重的仪式，也像追赶着一瞬即逝的幻觉。我给他倒酒，再给我自己倒酒。我用自己的杯子去碰他的，说声："干！"他便笑呵呵地往嘴里送酒，他当然不会一口干，还是一口一口地抿。他拿筷子夹菜，时不时说："这酒好喝。"我喝了好几年酒，从来分不出酒的优劣。我不知道该怎样跟他说话，于是只能端起酒杯给他敬酒。他乐呵呵地端起酒杯，嘴角仿佛要扬到眉毛。

他总是叫我多喝酒。我每喝下一口，他的眼睛仿佛就明亮一下。外婆总在这时坐到桌旁呵斥外公："酒不是好东西，他自己能喝多少是多少。"外公收住脸上的笑，略带窘迫地移了移酒杯说："能喝就多喝点。"我用力点了点头，外公脸上的笑又像乌云过境一般灿烂起来。

　　我参加工作的第四年，外公突然跌了一跤，这一跤摔得外公脸都歪了，眼眶也凹了进去，嘴唇还磕出了个口子。外公躺在床上，呻吟不断。看到我，外公顿时眼睛一亮。他艰难地转了个身，口齿不清地说："今天不能陪你喝酒了，你自己多喝点。"说着吩咐外婆："老太婆，给他煮点黄豆笋干，让他下酒。"

　　屋外下着雨，檐角的雨嘀嗒成声。我忍不住鼻子发酸。如果没有酒，外公该怎样表达他的情感？

　　好多次，我去外公家，都没有直接进门。傍晚时分，他坐在桌旁，头顶是橘黄色的灯光，面前是几盘冷菜。他抿一口酒，夹一口菜，不疾不徐，一口一口，直到喝完那杯酒。

　　我看得心酸，但也许我该庆幸，还好有一杯酒，如一团火，可以陪他趟过岁月的长河……

第四辑　那些情，曾暖岁月了无痕

爱的开始是接受

　　我还没停稳车，就看到外婆在综合楼的广场上等待。她拄着拐杖，和几个老太太聊着什么。她眯着眼，认真听着，不时咧嘴微笑，露出雪白的假牙。

　　见车停好，她忙拄着拐杖走来。我从车上拎下从菜场买来的鸡肉、猪肉、鸭肉、新藕、火锅底料等。外婆一边看着，一边喃喃："人来就好了，还买这么多东西干吗，多破费。"她伸手要帮我拎东西，我拒绝了。

　　她忙走在前面领着我说："快到家歇歇，拎这么多东西挺累的。"她颤颤巍巍地走着，不时回过头看我，好像我是客人。

　　我走进门，她突然忙了起来，拄着拐杖，踩着吱咯作响的楼梯上楼。她费力地爬着楼梯，抱怨自己："你看，外婆都忘了事先给你拿罐饮料，该渴了吧？"

　　我说不渴，但她把我的话踩在楼梯里，继续往楼上走。

　　她拿着几罐饮料下楼，递给我说："拿着，喝着解渴。"

　　见我不喝，外婆拿起饮料往我怀里塞，"你喝呀。开了这么久车，又

128

拎着东西走了一程路。"

"放着吧，我不渴，也不喜欢喝这个，在家都喝腻了。"

外婆摆出一副不太相信我的样子，顿了顿，说："那你喜欢喝什么？雪碧，可乐，还是橙汁？"

我有些不耐烦，挥手说道："你坐着休息吧，这些我都不喜欢喝。渴了我喝开水。我自己带了开水。"

外婆一时手足无措，仿佛遇到了什么难题。过了会儿，她眼前一亮，说："那我给你煮两个荷包蛋。"

"别忙了，我不饿。"我飞快地制止了她。

外婆的脚步仿佛被突然定住，她回过身，一脸失落地说："那我不煮鸡蛋，给你煮面条可以吗？"

"我咽下早饭就来了，哪吃得下嘛。"我不自觉就加重了音量。

"那你歇会儿我再给你煮。"她的语气仿佛从滑滑梯里下来，充满无奈。

为了搪塞她，我点了点头。

外婆在我身边坐下，心不在焉地跟我聊着，目光隔三差五地落在手表上。

"这么会儿了，我给你煮碗面条。"

我简直拿她没办法，可是真的不饿。我拉住她："我不饿，你别忙好吗？你坐着就好了。"

"好吧，就依你。"外婆顺从地在竹椅上坐下。她虽然坐着，但始终不甘心，随时都准备起来给我烧点什么。

电话铃声突然响起。公司催我了，我必须马上赶回去。在我听电话的时间里，外婆从竹椅上起来，惴惴不安地看着我。她侧耳，努力想听清电话里说了些什么。

"我要走了，公司有事，得回去处理下。"

外婆浑身一震。她也许知道我要走了，但听了我说的，还是忍不住眼神一黯。

她急得像陀螺般在原地打转："怎么待这么会儿就要走了，我都还没给你做吃的呀。"

"我走了，下次再来看你。"

"哎……那……我……"

外婆忙跟着我出门，一路小跑。她没说话，只是紧紧地跟着我，拐杖敲出一路沉闷。

我上车，启动车子。外婆站在车子的右前方。她眯着眼望着我，双手交叉在围裙前。那站姿和我来时一样，只是脸上的生动变成了落寞。

到公司不久，我的手机"铃铃"响起。是舅舅打来的。

"你去看外婆了，你什么也不喝什么也不吃，她可难过了，跟我打电话，一直在哽咽。人老了，就会觉得自己一无是处，特别是你一直拒绝她给予。"我听完舅舅的电话，心里如同堵了团棉絮。

也许我有些残忍了。我默默挂了电话，心里翻江倒海。

冬天快到的时候，一个同事问我："你要萝卜吗？我婆婆给我捎来一些新鲜的萝卜。"

我突然想到外婆。我拿起手机给她打电话，问她家里有没有种萝卜？

"萝卜有啊，你喜欢吃？"外婆在电话里欣喜道。我能想象她眯着眼咧着嘴的开心模样。

"嗯，我有点想吃，可以给我准备几根吗？"

"好，好。只要你爱吃。我这就去给你准备。对了，你什么时候来拿？"外婆高兴得像得到老师表扬的孩子。

周末，汽车行驶在去外婆家的路上。外婆打电话问我在哪里了。

我说："快到了，给我煮两个糖水鸡蛋吧。"

"好好好。你慢点开，我去煮了。"外婆的语气欢快，字字句句都沾着一种叫幸福的东西。

外婆照例在村口的综合楼等我。她在和一个老太太聊天，神采飞扬。

"你来了，快去吃糖水鸡蛋，我已经煮好了。"

我受到她的感染，脚步轻快。

外婆坐在桌子旁看着我吃，嘴巴弯成好看的弧度，仿佛在吃的是她，不是我。

然后，外婆拿着蛇皮袋去装萝卜。她挑挑这个挑挑那个，想把所有鲜嫩的萝卜都装进袋子里。

我说："够了，我再拿点毛菜吧。"

"好好，那我给你装毛菜。"她放下蛇皮袋，去屋里拿来一个新的塑料袋。

外婆被愉悦的心情包围。她边择菜边自言自语："这太老了，这被虫咬得不好看了……"

"够了，外婆，我想过会再来拿。"

"好。"外婆拿起塑料袋，理了理，麻利地打了个结。

那天，外婆格外高兴。她乐呵呵的，像拿到糖果的孩子。

她依然送我上车。我拎着菜走在前面，她拎着暖手袋跟在后面，拐杖在路上敲出清脆的声音。她说："过几天，家里的番薯也可以吃了。"

"那我过几天来拿。"我笑着对她说。

"好嘞，只要你喜欢。"外婆张大嘴巴回答我，假牙儿几乎整个都露出来了。

我启动车子后，她微笑着跟我招手。我开出去好远，她依然站着，目光一直追着我。过会儿，她跟旁边的人聊起天来。虽然我看不真切她的表情，但可以想见她咧着嘴，露出一口假牙的可爱模样。

穿肠而过的温暖

在时间的洪流里，有些事真的追溯不到源头。我已经忘了什么时候爱上喝排骨汤。等我发觉这个爱好时，我对排骨汤已经寄情太深。

喜欢排骨汤，大概因为它的鲜，它的爽口，它的油而不腻。喝排骨汤，我还真的只喝汤，很少吃排骨，反倒把萝卜、枸杞、丹桂吃得干干净净。

第一次喝排骨汤的时间地点，的确如雨落入水中，难寻踪迹。几次比较难忘的经历，至今历历在目。

2012 年深秋，我从绍兴回磐安。虽已深秋，天气却很闷。车厢里的脚臭味、馊味混在一起，酿成一股说不清道不明的气味。我再也压抑不住，拿起塑料袋大吐特吐起来。到站下车，只觉头晕脑胀，双脚发颤。第一时间想到的居然是到车站附近的小吃店喝排骨汤。

每个小吃店排骨汤的佐料各不相同，那天遇到的佐料是萝卜块。几口排骨汤滑入喉咙，我顿觉脑袋一轻，神清气爽。我吃完萝卜块，端起小砂锅，把剩下的排骨汤一饮而尽。擦着嘴巴走出小店，终于又感受到

132

世间的曼妙。

有一段时间，我无所事事，整天混迹于各种饭局。有一天晚上，几个老同学一起喝酒。不知是往事助了兴，还是生活太没劲，一个个喝得酩酊大醉。

迷迷糊糊地找到了睡的地方，但还没沾床，就感觉一阵天旋地转。跑到厕所吐了一通，脑海里突然飘出排骨汤的味道。于是摇摇晃晃下楼找排骨汤喝。店主端着排骨汤走到我面前时，我像抓到救命稻草般欣喜不已又小心翼翼。排骨汤入喉，顿觉胃暖了许多，人也饱满了许多。

我和排骨汤被慢慢揉得越来越腻乎。每到一个陌生城市，每要开始一场讲座，都会找个小店喝碗排骨汤。

如今，很难说清，排骨汤对我而言，到底意味着什么。我刚开始爱上的是排骨汤的味道，而后爱的是喝排骨汤的感觉。再后来，我爱的是喝排骨汤的习惯。又或许，我只是贪恋穿肠而过的温暖，喜欢密不透风的妥帖慰藉。

这和抽烟喝酒并没什么区别，爱着爱着就成为生命的一部分。

能认真爱一样东西是种幸运，因为爱，所以有柔软的空间，来安放生活的碎片。

对你的爱以尊重为圆点

外婆的声音在电话里支支吾吾，最后，她才充满歉疚地告诉我，外公身体不怎么舒服。在我面前，她总是弱化事态，所以我一放下电话就往家里赶。

外公躺在藤椅上，闭着眼睛，好像怎么也提不起劲。他睁开眼看了我一会，挤出一句"你来了，先休息一下"又把眼睛闭上。"是干活太累了吧？"我脱口而出，话语里满是责怪的味道。

外公侧了侧脑袋，弱弱地叹了口气说："庄稼人哪熬得住不干活。"我的怒火从心底升起，但我顿了一下，把怒火压了下去。"去医院看看吧，我叫你别去地里干活了，都多大年纪了。"随后我把外公带到医院，经过一系列的检查，医生告诉我，外公贫血、心脏也不怎么好，需要住院几天。

我看着外公。他皱着眉，目光无力地落在医生面前的桌子上，一脸内疚，又像在抗拒着什么。过了一会，他对医生说："我能不能就开点药，回家休养。"医生摆弄着手里的笔，说："我建议最好还是住院。"

在给外公拿被子、拿洗漱工具的途中，我又忍不住数落起他来。"我跟你说了多少次了，不要再到地里干活了，我每个月给你钱花了，你就买点想吃的想喝的，干吗非得下地干活。"他任凭我说话，把沉默灌进缓慢的脚步里。我急着得到他的回应，又补了一句："这次出院不要再下地干活了，你都八十多了，可以吗？""确实上年纪了。"外公无力地说，好像接受了一件很艰难的任务。

周末，我买了点菜和营养品，匆匆赶往外公家。一进门口我就问外婆："外公呢？""他呀，去种点菜……""我都叫他别干活，怎么就不听话呢。"还没等外婆说完，我的情绪已经把我的话从嘴里托出来。外婆感叹了一下，不再说话。

"你呀，我叫你不要去干活了，不要不长记性呀。"我耐着性子，跟外公说。他的身体恢复得差不多了，又变得精神矍铄。他嚼着菜，苦笑了一下，说："我生下来就和田地为伴，要我整天闲在家里，闲不住哇。"我本来想逮住他的话头，讲一通道理。可眼下居然找不到可以回应的话。

我想，把外公接到城里，他就不会惦记地里的活了。在我的软磨硬泡下，他终于同意到城里住几天。

他进了我家，走进了一个完全陌生的环境。他坐在沙发上，正襟危坐，像面对着一台摄像机。在这里，外公的脚步和言行仿佛都失去了活力。我说，你可以到楼下走走，楼下有公园，很多老人都在那里活动。他说："我不认识他们，也不习惯去玩。"他说完，继续保持着刚才的坐姿。

第二天，外公说怎么不愿继续待下去了。他说："我从小与农活为伴，你一下子叫我不干活，我真的不习惯。"

想起在我家的这一天，除了坐在沙发上发呆，几乎无事可干，我不由得有些感慨。

他的话封闭了我所有语言的出口。也许只有在地里的外公才是真正的外公，我如果剥夺了他干活的权利，于他而言是多大的痛苦。

　　我说，那我送你回家。这次在车上，我没有跟他讲一大通道理，任风景在窗外流逝。下车时，我跟他说："把干活当作乐子吧，不要太拼命。"他愉快地点了点头说："老了，也拼不动了，农活也只是我的伴而已。"

　　就让我对他的爱，以尊重为圆点，以他的健康为半径，尽可能地画大吧。

故乡的客人

　　年幼时，我的脚步曾遍布乡野。那时，我的脚步翩跹在田塍上、小河边、树丛里。快乐的种子在我脚后跟播下，并盛放成一路花朵。我在春日午后的泥地里晒太阳，在夏日午后的树林里听蝉鸣，在秋日午后的树阴下荡秋千，在冬日午后的暖阳下烤火炉。

　　我挽着裤脚在早晨挂满露珠的树丛中奔跑，在中午的树荫下与伙伴们唱歌嘶吼，在晚上流萤飞蹿的稻草堆里捉迷藏。

　　少时，我与牛为伴，牵着牛在各个山坡上闲逛。我与牛一样，知道哪个山坡的草最肥美，哪个山坳里的水最清澈。我还知道哪里最先长出野草莓，哪里的野果味最美。

　　秋天，我总跟随大人去山上摘猕猴桃，像猴子一样在藤条上攀爬，在树上睡觉。我可以从这棵树爬到另一棵，从这条藤爬到另一条。那时，我对故乡的一切都很迷恋，也对一切都熟稔于心。我是故乡的活地图，其实我的小伙伴们都不例外。

　　当然，这样的时光并没有持续很久。上学后，我与田地、树木、山坡的距离便被拉长。我会在课堂上思念它们。看到一朵云，我会想起一座山；遇到一阵风，我会想到一片田野。在上小学与中学那段时间里，我像刚出嫁的姑娘一样，还可以经常回娘家。那时，娘家还没让我变得生疏，一切都如同从前。

上大学、工作后，我与故乡如同与分手良久的姑娘，几乎很少想起，但每每想起，便觉分外亲切。

回家的念头很强烈，但是总是计划得多，实现得少。一年下来，也只有几次能成行。我背着包，踏上回家的路途，像赴一次约。从踏上车开始，我就心如鹿撞。越来越觉得，长大后每次回家，都是情人间的约会。我总会在靠近她的时候满心激动。她给我的惊喜从来不会少。事实上，我并不希望她妖娆多姿，也不需要她浓妆艳抹，只希望在她的怀里靠一靠，闻一闻消散多年的她的气息。

刚回到故乡，我必定是先换上衣服，尔后搬一条凳子，在院子里任凭微风拂面。因我总是在天气好时回家，所以总能看到午后的云朵。白云一涌动，心绪早已如潮汐般起伏不止。

每次回故乡，我都像完成仪式一般，在院子里坐一会儿，然后去逛家乡的山水。每一次回家，我都在走儿时走过的路，只是这样的机会并不多见，并且完成得越来越矜持。儿时，我不顾身边的茅草，不管粘人的沼泽，但现在却格外注意起来。时间总是如同一张网，将我与故乡分开，让我能看见它，却再也无法融入它。

故乡的山水依旧。春夜的雨水依然在屋檐上游走，夏日的蛙鸣依然在池边响彻，秋天的虫鸣依然在墙脚萦回，冬夜猫头鹰的叫声依然在黎明时分破空而来。我偶有重回童年之感，却在恍然一段时间后幡然醒悟。

我依然去山上采摘野果，躺在地上打盹，在森林里嬉戏，坐在树荫下唱歌，但总演绎不出少时的情怀与那时的融洽。

回乡的日子总是很短，走马观花般走了少年时走过的路，却怎么也无法重走少年时的心路。

有一首歌是"你在我心里，变成了秘密"。而故乡在我心里，却变了记忆。母亲总是说我像一只鸟，此刻还在家，过会儿就会飞往别处。确实，我们都是鸟儿，在故乡丰满了羽翼，却在别处飞翔。

鸡鸣声声

　　我从小到大，我外婆一直有养鸡的习惯。

　　在我儿时，鸡鸣曾陪伴我良久。每到早晨四五点，鸡鸣声就"喔喔喔"响开了。年少时的睡眠就像浓得化不开的夜色一样，很难被搅乱。所以每当公鸡啼鸣时，我顶多只是翻个身，便又沉沉睡过去，那些嘹亮的鸡鸣声，就如同印在粗布上的碎花一样，浅深不一，却在我睡梦里显得分外美丽。

　　一天当中，我真正开始能欣赏到鸡鸣，是在天大亮之后。那时，外婆和外公已经起床。我身边空空如也。我醒来后，隐隐听到木楼梯口转来叮叮当当的锅铲撞击声。我知道，外婆肯定系着围裙，在灶前忙个不停。而灶后的那片墙上，正映着灶膛里泄出去的火光。一天中最密集的一次鸡鸣声正在场子上空乱蹿。"喔喔喔"，我可以想见公鸡直着脖子提着嗓子卖力高唱的情形。公鸡应该也是喜欢凑热闹的，听到这边有鸡鸣声，那边的公鸡也尖着嗓子叫了起来，"喔喔，喔"，它还会在中间停顿一下，把最后一个音节拉得又长又亮。更多的公鸡鸣叫起来。"喔喔

140

喔""喔喔喔"，远处的近处的公鸡一起鸣叫起来，简直是鸡鸣如山倒。这架势，跟过年放鞭炮似的。在密集的鸣叫声中，时不时会夹杂着"咯咯得"的叫声。不用说，这是母鸡的叫声。较之公鸡明亮、高亢，悠远的啼叫，母鸡的叫声显得低沉、仓促，甚至还带有一些焦躁和不满。

我起床，看到鸡群在场子上悠闲地游荡。夏秋时节，场子上晒着作物，无论公鸡还是母鸡，都会眼疾手快地去啄一口。如果不见有人来赶，它们就放心大胆地呼朋引伴。"谷谷谷，谷谷谷"，那是愉快的暗号，意思是：快快快，机不可失，时不再来。农作物的主人只得拿长长的竹竿来赶。"咯咯，咯咯得咯咯"。那是鸡给同伴发出的信号，也可能时受惊时语无伦次的叫喊。

偷食的鸡只惊慌了一会，便又淡定了起来。特别是公鸡。它装模作样地走到离农作物比较远的地方。或干脆跳到岩石上或者柴垛上。拍拍翅膀"喔喔喔"地叫起来。那意思仿佛是：我可没偷吃，嘿嘿嘿……

最让外婆欣喜的是母鸡的报喜声。白天的某一时刻，山坡上或者草丛里，忽然蹦出一声"咯咯得"。外婆眼睛一亮，低声催促道："快赶去看看，这只母鸡下蛋了。"我跑到声音的发源地，果然发现一枚暖乎乎的鸡蛋。我家也有一些机灵的母鸡，下了蛋，跑出去好远一段路才放声"咯咯得，咯咯得"地叫起来。我和外婆找了许久也没找到鸡蛋。外婆忍不住抱怨："这鬼东西，准是骗我们，其实根本没下蛋。"也许此后的某一天，外婆会突然在棕榈树下或者茅草堆里发现一窝蛋，她欣喜地叫着："好家伙，原来把蛋下在这里了。"但如果运气不好的话，鸡蛋只能烂在山里，或者肯定成为其他动物果腹的食物。其实，鸡是不会撒谎的，它邀功叫了就是下蛋了。

公鸡有时会撒泼。在人们即将上床时分，突然"喔喔喔"地啼叫一声。我们全家人一愣，止住了谈话声。但它并没有停止，继续叫着。一连叫了十多声，外公上了脾气就打开鸡舍，拿棍子打它。它只好乖乖住嘴，但没等鸡舍门关上，又放声大叫，外婆说："是我们说话太大声它才叫的，我们不说话它也就不会叫了。"果然，我们没理它，它叫了几声就自讨没趣地不声响了……

　　如今我偶然回老家，依然能叫到鸡鸣声，每每如此，心中便感慨万千。儿时的鸡鸣呀，曾给我的岁月披上怎样动人的外衣。

流进岁月里的金光

那些声音如同春天的水在大地上流过。我相信，大地记住了那些声音。

我从记事起就对广播很有好感。两个广播，一个在村头，一个在村尾，每天都准时地输送出圆润的声音。

无论早中晚，都有一档音乐节目，这是我的最爱。我时不时会遇见一些歌曲，或是老歌，或是各大电台都在推荐的新歌。歌声似哨子，令我驻足。是的，是认真地驻足。我生怕错过什么，侧耳倾听。那真是美妙的感受，我整个身体仿佛是一根天线，接收来自广播的信息。而那声音，恰如温水，汩汩淌进我心里。

从小到大，这样的时刻有很多，因为我总会冷不丁就听到广播里传来一首我喜欢的歌。有时是电台自主播放的，有时是听众点的。无论怎样，我都不会事先知道有这样一首歌，所以每次听到喜欢的歌都是惊喜。同样，广播从没给我重听的可能。一首歌结束了，马上有另一首填进来，甚至没有让我回味上首歌的时间。

这真是一种残酷的美妙。残酷是因为无法预见，无法追寻。美妙也因如此。

一位邻居爷爷喜欢听戏。每当中午快到十二点时，他都会搬条凳子坐在屋檐下，认真听广播里传来的戏曲声。他竖着耳朵，眼睛微闭，异常认真。有几次，我路过他跟前，想跟他打招呼。但他摆手示意，意思是让我先听完戏曲。

听结束后我问他，为什么？他说，这还用说吗，这戏曲只一遍，错过一个字就听不到完整的了。

我略一思忖，说道，那你记下这部戏的名字，去集市买个碟不就可以经常听吗？

他搔了搔头说，那不同，买碟来听和广播里听大有不同。我说为什么，他不好意思地笑笑，那我倒真说不出个究竟来，只是感觉吧，你天天有肉吃，和偶尔在饭店里吃到一次，那感觉是不同的。

我想，我深有体会。我永远不知道广播里要放什么歌曲，也不知道这一首后面是哪一首。喜欢的歌曲一出来，我所能做的只是接收、融入，无比专注、认真地融入。

虽然早不在老家生活，但人们坐在屋檐下、晒场上听广播的场景依然频频在我脑海浮现。他们的神情让我感到，他们正在一条永不知来自哪里去往哪里的单行道里沉醉地随行。你无须把握方向，也无须担心迷路。

那些年，我在广播声的包围圈里长大。那些遇见，包括我与广播，或者我与更多，它们如河里的水花，转瞬即逝，没有预演，也不会再见。我一次次悲伤地送别，又一次次猝不及防地迎接。在来去之间，心里的花朵像烟花一样起起落落地绽放。

而当我接触了 MP3、MP4、电脑，我沉醉在单曲循环的漩涡里不可自拔。我再也寻不见听广播里的心情，只留得一片灿烂的回忆作纪念。

我与广播的大好时光，大概一去不复返。

那些曾经相遇的人

我曾经在农村租过一间房子。那时，我刚爱上文学，一心想过自由撰稿的生活。可是房子租下来才知道，我的想法过于天真。整天窝在房间里，看着形形色色的电影，码不出一个字。眼看时光一天又一天地从身边流走，我的心里不禁着急起来。

在这样的情况下，我遇到了老马。老马是村里的养蜂人，对他来说，一年当中只有春天和秋天忙碌的。其余的日子，他几乎没有什么事。有时，他也去厂里上上班，但更多的时候他整天在村子的小路上游荡，与影子为伴。

老马是个经历丰富的人，年轻时他曾经走南闯北，去过很多地方。他坐在我身旁，一边抽烟一边跟我讲他的故事。他说年轻时最喜漂泊，以致直到现在没娶老婆。

在我如此寂寞的时光里，老马的出现无疑驱散了我内心的阴霾。我们一起喝茶，一起看电影，一起聊散落在光阴里的故事。

后来，老马带我去村里四处闲逛。在他的介绍下，我认识了很多人，慢慢地融入了村里的生活。但后来，由于我实在写不出什么，只好搬离农村。我搬家的时候，老马正好不在家，听说他有事到别的村去了。我顾不得与他打个招呼，上了车。

此后，我到城里上班，在城郊租了房子。我住处的附近有一个副食店，我总是去店里买烟买酒。老板叮嘱我，啤酒喝完后，把瓶子送回去。过了两天，我把空瓶子送了回去。老板惊讶地说，谢谢，太谢谢你了。我纳闷他为何如此惊讶。他说，虽然我要求顾客把瓶子送回来，但事实上很少有人会送回来，但大家都是邻居，我又不好意思问他们要押金。

仅仅是因为我把瓶子送了回去，老板便对我格外友好。有时下班，我路过副食店，老板便邀我在他家吃饭。在不上班的时候，我常常到店里与老板聊天。原来老板是社区里的干部，是个拥有二十几年龄的党员。他跟我说起当前的时事、政策，后来居然聊到了文学。

说起来，副食店的老板是我在那个城市的第一个朋友。他妻子看店的时候，他便带我去公园里下棋，在早晨的时候去江边跑步。

但我所在的厂很快就因为资金问题倒闭了。我不得不离开那座城市。厂里的车子派送我们回家的时候，刚好是夜晚，副食店的老板已经睡觉了。我往门缝里塞了一张纸条，匆匆作别。

这两个给我留下深刻记忆的朋友，在离别后居然没有再见面。在离别之后的今天，我忽然想起一些事情。生命中的许多情感并不是一个完整的故事，有许许多多的情感，如同幻灯片一样在我们的生命中经过，无疾而终。我们不必介怀，因为生活本来就是一个不规则的图形，充满变数，不然我们当初又怎会遇到如此的美好？

难忘那一声声低哞

我 10 岁时，我家养了一头牛，每当周末就由我去放。我深知这头牛的劳累，所以总是带它到草嫩的地方去吃。和我一起的小伙伴都把牛拴在树下，他们可以趁机跑到林子里采野果，跑到小溪里洗澡。我从不这样，我总是拉着牛绳，牵它到青草肥嫩的地方。我还要拿个拍子，给它驱赶牛虻和苍蝇。等它吃得差不多了，我就拉它去喝水。

我之所以这样，是因为它肩负了太多的重担。除了耕自家的几亩田，它还要负责别人家的田，我们需要它赚点钱来开销紧巴的日子。它每年产一头小牛，这就是我的学费了。

它很乖巧，每当牛绳断掉的时候，总是静静地等主人穿上再跑出去吃草。它不像别家的牛，一断牛绳就扬着尾巴四处撒野。

它和我很亲近，吃饱了就卧在地上，用粗粝的舌头舔我的手背，有时还用头摩挲我的身体。它东张西望，耳朵扑扇扑扇的。它总是安静地看着我，不时用尾巴拍打自己的身体。每当这时候，我就想流泪。

有一年春天，邻村的王小二说要借我家的牛耕几天，每天一百元。

我母亲用玉米饼把它喂得饱饱的，就让它出发了。

过了五六天，王小二来了。他说，牛正拴在村口的草地上吃草，让我们自己去牵回来。他给了六百块钱就走了。我和母亲急忙到村口看牛。

见到它的时候，我们傻了。它疲惫地看着我们，眼眶旁的毛已经被泪水打湿。它的肩被牛鞍磨出了血泡，屁股上到处是皮鞭留下的痕迹。再往下，牛腿处的伤口赫然显目。母亲哭了，她颤抖地抚着牛背，眼泪滂沱。

也是后来才知道的事。王小二借了我家的牛后就没日没夜地耕田，每天只给它吃一小捆玉米秆。有一天，下过雨，路很滑，牛在经过一片岩壁的时候摔了一跤，但是王小二依旧赶它去耕田，耕不动了，他就拿皮鞭抽。他不仅耕完了自家的田，还把亲朋好友家的田也犁了。天知道，这些日子，我们家的牛承受了多少皮鞭。

那几天，我们全家人都很悲痛。我母亲给它吃鲜嫩的草，给它吃金黄的玉米饼。周末，我带它去吃绿油油的草，给它驱赶那些叮在伤口处的牛虻和苍蝇。它的伤，终于慢慢好了。

后来，我们还是靠它耕田，还靠它给别人耕田的钱来抹平我们皱巴巴的日子。但是我母亲总要时不时地跑去看人家是不是亏待了它。

大二那年，家里再没钱供我上学了，母亲决定把牛卖了。客人来的那天，母亲又给它做了金灿灿的玉米饼。她一个一个地喂着，嘴里喃喃自语："快吃吧，以后恐怕再吃不到我家的玉米饼了。"

客人到了，我母亲去牛棚里牵牛。它像是预感到了什么，前腿死死地蹬住地，怎么也不肯出来。

母亲说："出来吧，你为我家已经付出很多了。新主人来接你了，你去为他效力吧，他不会亏待你的。"

牛还是没动，它用前腿死命地抵住门槛，牛角抵在门柱上。

母亲怎么也拉不动它。她转身到门外拿来一根木棍。回来的时候，她哭了，边哭边用木棍敲着牛屁股，喊道："出来吧，你去新主人那里也要听话，用心干活，不要撒野，主人不会亏待你的。"

它依旧没动，像孩子般低着头。终于，它慢吞吞地走出来了。它迈着沉重的步子，一直盯着我和母亲。它的眼角又被泪水打湿了。

买牛的付了钱就走了。母亲紧紧地跟在他身后，叮嘱道："你要给它吃鲜嫩的草，给它做黄灿灿的玉米饼，干活让它悠着点。"

送了一段路，母亲终于号啕大哭起来："走了，终于让我送走了。我送它的时候，它一直回过头来看我，都说牛是通人性的，它是舍不得走啊。"

许久，我们又隐约听到了它的低哞。眼泪，又一次涌了出来。

后来，我家再没有养过牛。

转眼许多年过去了，我的脑海里依然清晰地回荡着它的低哞。是它，扛起了我们最艰难的岁月，同时也让我明白，自己该肩负起什么。

善心如灯

那是个下着雨的黄昏。我从杭州赶到横店时已经华灯初上。我要乘坐过境横店的班车回家。我在候车点等候回家的车辆，却久久没有看到来车。我一手撑着伞，一手拉着行李，心情随着黑暗的降临而急迫。等了一个小时，我居然没看到一辆客运汽车过往。我向路人打听，他告诉我，客运汽车一个月前就不进城了，乘客要到明清宫苑景区候车。我傻眼了，拉起行李准备去打的。

"嘿，小伙子，果然是你，快上车。"我循声望去，一位年过六十的老太太正热情地向我打招呼。我茫然地四下望了望，确定她在跟我打招呼之后，缓缓走了过去。

"小伙子，你是回磐安的吧？快上车。"老太太几乎要伸出手拉我。我踌躇着，还是打开车门上了车。开车的是一位年过三十的青年，大约是她儿子。

我刚上车，老太太就给我递水果，不停地说："吃水果，快吃。"

我不无疑惑地想，老太太会不会认错人了。

"小伙子，你可能已经不记得我了，可我却记得你哩。那次要不是你

150

帮我拎鸟笼，我还真不知道得怎么办。"老太太开口说道。

我脑海中的迷雾终于散去。敢情她是我几个月前，帮忙拎过鸟笼的那位老太太。

那天我去菜场买菜，回家时看到一位举步维艰的老太太，她时不时停住脚步，唉声叹气地将铁鸟笼放在地上。我想，许是鸟笼太沉了，或是老太太手不方便。

我上前拎起鸟笼，准备送她回家。她客气了几句，自责地说："人老了不争气，不是这里痛就是那里痛，我想把鸟笼拎回家，但手一使劲就痛得举不起来。"

到家后，她一定要让我上楼坐坐，但我以要回家做饭为由拒绝了。

老太太说："你走后，我才想起来没问你名字，也不知道你住哪儿，不然怎么也得叫你吃顿饭。"

老太太有些感动地说："虽然后来没碰到过你，但心里一直记挂着哩。"我愧疚得不知说什么才好，我的举手之劳，哪值她这般劳心记挂。

2010年夏天，我骑摩托车去见朋友。由于车速太快加路况不熟，我连人带车摔倒在砂石路上。石子嵌进我左手的手肘，右手掌也因磕到石头血流如注。我全身乏力，像筋脉尽断的侠士。一位骑车路过的中年人见状，马上将我扶上他的车，带我去医院。那时已近黄昏，他本要赶去他朋友家吃饭，但为了我，他打电话回绝了。他像亲人般帮我跑这跑那，直到我朋友赶到医院。

他离开时我正在手术室，以致我不知道他是哪儿人，更不知道他的联系方式。我一直想感谢他，但苦于无法联络。我经常会想起他，想起那个傍晚，每念及此，心生温暖。若不是他帮忙，我不知会落到怎样的境地。我对他的情感，也许正如老太太对我的，尽管我付出的着实不足她如此记挂。

你我或许都曾温暖过他人，又或者曾被人温暖。善能焐暖尘心，也是我们跋涉岁月长河途中，永不泯灭的心灯。

溢满舌尖的母爱

元宵过后，我就一直盼着清明的到来。三月，草长莺飞，清明，终于来了。

一大早，母亲就挎着篮子到地里采艾草去了。晨曦里，她俯下身子，手掌飞快地翻动。身披白色绒毛的艾草纷纷落进篮子里。不一会儿，篮子里已经装满艾草。

我跟在母亲身后，一路撒欢。

母亲转过身，道："你小兔崽子，有东西吃就高兴。"说完，自己已经"扑哧"笑出声来。

来到溪边，母亲就着溪水细细地清洗艾草。她洗得认真，不放过任何一片叶子。我在一旁帮着忙。这时，母亲是高兴的，她的笑容藏在微启的嘴角里。

接着，便是煮艾草了。母亲麻利地往锅里倒水，放入艾草。煮的工作自然交给了我。而母亲，趁着这点时间清洗石臼去了。她拿刷子把石臼里里外外刷一遍，末了，再拿水冲洗。洗完之后，她又拿刷子刷了一遍。

水开了！母亲连忙揭开锅盖。艾草已经卸下白衣，换上碧绿的新装。母亲捞出艾草，挤去水分，然后将艾草放在石臼里捣烂。母亲手脚麻利，我的眼睛颇有些应接不暇的意思。

捣好了艾草，母亲拿出面粉，把艾草和面粉和成面团。面粉是白色的背景，而艾草就是白色背景下的绿色花纹。整个面团看起来像是一个青花瓷器。母亲轻轻地揉捏着面团，她手上的面团忽而紧缩，忽而舒展。母亲把面团和得很匀，到后来，整个面团都是均匀的绿色。光是看着面团，我的口水就已经开始分泌。

和好面团之后，母亲又开始准备内馅。甜的是白糖，咸的是雪菜笋肉末。母亲把面团捏成小块，放在手中随意一按，面团就变成薄圆饼。母亲又往面团中间放上馅，再一捏一按，一个清明馃就做成了。

母亲并不满足，她拿来印花模子，轻轻一按，圆圆的清明馃就镶上漂亮的花边。

清明馃蒸好了，母亲拿出一个，说："先给你父亲吃。"没等父亲把第一个吃完，我就迫不及待地吃了起来，一阵清香顿时滑入喉咙。母亲做的清明馃总是这么香，并且充满嚼劲，越嚼就越发感到美味可口。

后来，我去了外地读书、工作，就很少吃到母亲做的清明馃。有时，在路旁的小店里买几个，却总嚼不出母亲的味道。也就是那时，我才明白，清明馃里包含了怎样的母爱。而母亲，又以怎样的爱和热情，为我撑起童年的天空。

用心生活过的时光

　　我家乡的树叶在秋尽时飘落，山野上枫叶披红，银杏戴黄，色彩纷呈。如果撇开我身边寒冷的空气，我会觉得春已来临。只是冷空气一味地提醒我，冬已经来了。

　　幼时，我与外公外婆独居山上，所以有很多时间去感触落叶。鲜红的枫叶让我着了迷般地欢喜，也让我兀自忧伤。入冬后的某个下午，我听到簌簌的落叶声，连忙像追悔失去的时光一般奔跑出门，去目送离树的枫叶。有些树叶像是预知自己的离别，告别树枝，在空中转着好看的圈圈。也有一些树叶，因为冷不丁的一阵风而从树上跌落，还没准备好降落就匆忙坠在地上。我几乎能感知到它的叹息与惊慌。

　　那时，我常常牵着牛在树林里闲逛，有许多目睹落叶的机会。高兴的时候，我觉得那是树叶的舞蹈，难过的时候，觉得那是树叶决绝的告别。不知道为什么，我有时会对着落叶流泪。

　　在我与自然亲密接触的时候，我的同学们正在家里看电视、玩游戏，或者看录影带。

154

吃过晚饭，我便到野外晃荡。我外公有一杆猎枪，总在饭后去碰运气，看能不能打到山鸡。我当然不会放弃这么刺激的事情。

冬天的夜晚，山与树都成了剪影。在寒冷的晚风中，我和外公忍不住浑身哆嗦。外公扛着猎枪，我紧随其后。我们穿过田野，在小径上蹑手蹑脚地前进，又或在树下静静地守株待兔。

我突然明白，冬天有冬天的诗意。迷蒙的远山，清瘦的树枝，辽阔的田地，幽静的树林都让我无端地兴奋。冷风绕过我的耳朵，留下冬的寒意。这一切，却让我心生温暖。如果恰巧月华如水，夜空之下的一切就会变得扑朔迷离。在那样的夜晚，我的胸腔充满温暖。

在白术盛产的时候，我便整夜与外公一起。我们一起守在烘白术的窑前，任火光在我们脸上跳跃。我们一起在临时铺成的床上打盹或酣睡。我们一起在三更半夜煮萝卜汤，烧糯米饭。我们一起在凌晨时分到树上摘野果。这些乐趣，又岂是看电视、玩游戏所能比？

后来，我住到了城里，与同学们一样，整天看电视、玩游戏。其实这并不比我在山上玩耍更有乐趣。我不由得想起了山野中那些时光，也突然明白，弥足珍贵的，都是那些用心生活过的时光。

在原地等我的人

中秋快到的时候，我与许多朋友一样，奔波在各大超市之间，只为购得一盒满意的月饼。还未入门，巨大的海报已映入眼帘。商家确实在宣传上做足了噱头。满眼的海报和天马行空的宣传，全在中秋前夕向我挤来，让我手足无措。

最后，我还是从琳琅满目的月饼里挑了一盒自认为满意的，向邮局走去。

前些天，母亲打电话问我，中秋节要不要回家？当时，我决意要抽出这天，回家陪母亲看看月亮。于是，不迭地说，要回的，要回的。

可是时至今日，我的诺言又被工作所打扰。我只能在中秋前，给母亲寄一盒月饼。

中秋那天，天气很好。我给母亲打了电话。我问她月饼味道怎样。她笑眯眯地说，月饼包装很漂亮，也很好吃，价格肯定很贵吧？我不置可否，心情却异常灿烂起来，心想，总算弥补了一些愧疚。于是，枕着月光，安然入睡。

156

几日后，我往家乡出差。我终于有机会回家看看母亲。

母亲显然没有料到我会回来。她惊讶地愣了良久，眼睛顿时明亮起来。此刻，她正在洗菜，见到我之后双手往围裙上一擦，便匆匆跑进屋里。

今天怎么有空回来？激动中，母亲的语调有些异样。说完，她到厨房忙活去了。

我是在无意间瞥到桌上的月饼的。精美的包装，纹丝未动。母亲笑得有些尴尬，我一个人，怎么吃得掉这么一大盒月饼，等你们都回来的时候我们一起吃。愧疚霎时间朝我袭来，我始终都无法感受母亲心里的孤独。

很快，母亲便做好了饭菜。她指着桌上的菜，催我快吃。我问，你怎么会在冰箱里藏这么多菜？母亲答，虽然你打电话说中秋不回来，但是万一你回来，我又没买菜怎么办呢。

我木然地往嘴里塞菜，味蕾早已失去了知觉。

我想，这个世界上只有母亲，会一直在原地等我。哪怕我遥无归期，沧海桑田。

总有些东西长在土地上

当思绪像经风后的水面一样平静下来时，故乡黑黝黝的土地就像岛屿一般冒出我的脑海。

故乡的土地静默不语，在晨曦里如此，在黄昏里如此。只有劳作的人们进入它，它才像突然醒过来似的充满生机。

到底是人们给它生机，还是它给了人们无尽的惊喜？

一

我外公是和土地捆绑了一辈子的农民。房前屋后的土地遍布他的气息，他的身上也留下土地的痕迹。他的指甲嵌着黑色的泥土，他的手因泥土而龟裂。

除了冬天，每当下地干活，外公总是把鞋子脱在地头。他用脚亲近每一寸土地。小时候，我也会下地干活，但永远无法赤足亲近土地。外公看着我说："穿着鞋子多难过。脱掉鞋子，你的脚会像浸在水里一样舒服。"我摇头，表示无法理解。

如今，我依然无法理解，更无法体验这种感觉。没有岁月的铺垫，没有和土地亲近的交流，哪能有这样的感觉？正如你初见一个陌生人，他怎会向你托盘全部心事？

外公赤着脚翻土，任泥土漫过他的脚踝，甚至盖过他的小腿。

干活累了，外公就拽一些草铺在地上，躺下休息。他的上方是纵横交错的玉米叶，脑袋上方是嘴里冒出的青烟。

他叫我也躺下休息，我说不，我怕泥巴脏。

你还太小，不懂事。还怕脏呢，人老了还不是埋进土里。他吐了口烟，自言自语地说。

二

屋子的左边有个小坡，坡上长满灌木。不知道为什么，坡上一直只长灌木。有一天，外公突然心血来潮，砍掉所有灌木。经过几天阳光的洗礼，灌木变得蓬蓬松松。外公把灌木捆回家，后者理所当然成了灶肚里的柴火。

外公眉毛一挑，计上心来。他披着晨光，一锄一锄把那个小坡变成了一块地。末了，用草木灰把荒凉的土地肥了肥。

不久，原先长满灌木的小坡成了南瓜苗的地盘。

外公的笑容和晨曦里的瓜苗一样舒展。

我已经不太清楚，他已经有几次把一块无人问津的土地变成日日精心打理的田地。

在外公手下，瓦砾堆能变成茄子地，悬崖边的一小片泥土能变成番茄地。

每次酒后，外公都为自己是个农活好手自鸣得意。"这些被人废弃的土地，在我看来真是可惜，可不，我这么一折腾，弃地就变成肥沃的土地了。我们餐桌上也不缺蔬菜了。"

在农活上，外公的确有一双魔术手。他先后征服了很多这样小块小块的土地，它们就像一枚枚勋章，闪耀在外公平凡的日子里。

每一块经过外公打理的土地，事实上都散发着他的气息，流淌着他的生命。

土地很好地诠释了外公的生命，对他来说，如果没有土地，生命会不会很单薄？

三

外公和村里的许多人一样，随着节气马不停蹄地在田里埋下希望。

大地刚从冬天的沉睡中苏醒过来，外公便翻土，种下土豆。他对待土地从来不会马虎，翻了土，理去石块，用草木会给土地增肥，再挖出坑埋下土豆，盖上土。把地打理完毕，他会把地周围也收拾干净，把柴火拿回家作燃料，把杂草烧成灰去肥别处的地。

种了下土豆，就该种玉米了。同样是整理土地，播种，清理土地。同样的精心，外公在每一块土地上演绎。

收成好了，他喜上眉梢，收成不好，他喝口酒告诉我们："人只能负责认真耕作，其他是天的事。"

外公从不会因为这一季的收成不好而怪罪田地，或者沮丧得自暴自弃。他只会马上寄希望给下一季。

刚忙完春耕，他已在准备初夏的播种，刚忙完夏天的收获，他已在准备秋天的播种。

家乡的土地永远不会有停歇的时候，外公和其他人们一样，也不会有得空的时候。他们一次接着一次地播种、收获，播种、收获。外公说

"土是越种越肥"。人生，似乎也是越折腾越有劲。

在酒桌上，外公和他的朋友们聊的最多的就是土地、庄稼。他们的精力在土地里，希望亦是。

我不知道，如果没在地里埋下一季一季的希望，他们的生命该怎样前行。

对他们来说，失去土地是件残忍的事，就像作家失去笔和稿纸，画家失去笔和画架。

如果希望没了生长的地方，那是不是比绝望更绝望？

四

外公年纪越来越大，但依旧闲不住。他种的地远没有以前多，但他还是把所有气力花在土地上。

他种的圈子越来越小，先是放弃了较远的田地，再是放弃了较次的地。他种的东西也越来越少，以前五谷杂粮果蔬都种，如今只剩蔬菜稻子玉米。

儿女们都说，年纪大了，不要操劳了，况且如今也不愁温饱。

外公低头不语，默默给自己一口又一口酒。

他经常会到那些废弃的土地转转。那些曾经写满风华的地方，如今只有野草茁壮成长。外公指着土地，跟我说当年它们是什么模样，话语里不无伤感。

他折了根茅草含在嘴里说，你看这么多地荒着，多可惜，可是现在种地又挣不了钱。其实外出的许多人还是最适合种地，他们在家里种地时个个生龙活虎，现在到外面打工，都无精打采。

我不禁想起从前，土地温润饱满，地里的庄稼迎风招展。人们在地里挥汗如雨，把每一块地打理得井井有条，把每一季庄稼照顾得细致周到。

那时，所有的土地、作物，都是人们自豪的资本。那些在晨曦里，在夕阳下，在月光里，在风中猎猎作响的庄稼，何尝不是飘在人们脸上的笑容。

而如今，这些人都不得不弃田进城。他们在朝九晚五的框子里无精打采，在朝九晚五的框子外无所事事。

儿女们经常叫外公到城里住，但外公从来不去，去了也很少过夜。

他的理由是待不惯，早晨醒来看不到土地不习惯，摸不着农具不习惯。不能像过田里的日子那样过城里的日子不习惯，不能像熟悉田间地头的东西一样熟悉城里的东西不习惯。

我能理解，半路夫妻总比原配更难，何况外公早已过完人生大半。

外公的土地圈子越来越小，这让他无所适从，但他说，有力气总要种。

土地是外公的恋人，从相知到相伴，一路风风雨雨，相濡以沫。外公曾经给了土地无限的生机，土地也成就了外公坚实的岁月。

只要还和土地打着照面，外公到底还是幸福的。

最小化的家乡

　　从我读五年级开始，那家名叫"珍珍"美发的理发店便已存在于通往学校的路口。那是一座矮小的房子，屋顶常年挂着藤蔓，或青或黄。这一年的藤蔓还未烂尽，第二年的藤蔓又开始蔓延。理发店的门口挂着各式各样的海报，里面全是俊男靓女。那是我对于时尚最初的印象。那些造型各异的头发常常让我莫名悸动。

　　这间矮小的房子见证了我的成长。第一次我坐在镜子前的椅子上时，满脸惊恐，直到理发剪刷刷在我脑袋上游走。我忽然喜欢上这种感觉。我清楚地记得，以前理发时，手动理发剪夹住头发时的那种生痛。但是现在，这样的事情再也不会发生。那个年过三十的阿姨得心应手地帮我理着头发，顺便跟我聊聊天。

　　那时，镇上仅有一家理发店。店里的生意自然格外红火。那些从农村里赶来的男男女女老老少少往往要坐在门口的椅子上排队。阿姨从不慌乱。她井井有条地帮人们理着头发，颇有临阵不乱的意思。

　　有时，客人实在太多。她便叫后面的客人先去买东西。乡下人，大凡到镇里来的，总是要买一些东西的，或是农资用品，或是副食产品，总归要带一些回家。等他们把该买的东西买到的时候，差不多也该轮到理发了。

我曾经仔细观察过阿姨理发。她往客人的脖子上围一条毛巾，把客人的头发淋湿，快速地打上洗发膏，搓出泡沫，然后拿洗发梳梳理客人的头发，接着用毛巾擦干。她给客人围上理发布，接着拿起理发剪，渐次推理。理完了头发，她给把客人的头发快速吹干。她左手上的梳子不停地翻跃，于是，客人刚才还湿淋淋的头发忽然变干了。他们的头发变得蓬松油亮。大多数的客人满意地到镜子前整整衣领，从容跨出店门。

即将过年的时候，那个小小的理发店忽然间成为物品寄存中心。乡下人大多赶在这个时候买年货。阿姨说，人们拿着这么多东西来来回回地走不方便，只要把买好的东西寄存在她那儿就好。

当年，与"珍珍"美发齐名的还有镇上的农资部和粮站。乡下人到镇上，基本就在这三个地方之间奔走。说起这三个店，每个村的男女老少，几乎无人不知。这样的情况一直持续到我初中毕业。

因为初中毕业后，我辗转到了其他城市。所以此后相当长的一段时间里，我再没有回到镇里。那三个风靡一时的店，也被我抛之脑后。

后来的一个春节，我到镇上拜年，忽然异常怀念"珍珍"美发，于是去洗了个头。我离开后，理发店几乎没有进行过装修，门口的海报和屋内的布置显得愈发陈旧。当年过四十的阿姨打开洗发水的时候，那股睽违数年的味道忽然扑入我的鼻孔。我突然间有些伤感。在外的日子，我们把家乡缩小成一个小小的符号，从来没有时间把它最大化。而当家乡的味道扑鼻而来的时候，我忽然间泪流满面。

第五辑　那些念，暖似寒梅枝头俏

薄如蝉翼的午睡时光

　　对我来说，夏天的午后时光薄如蝉翼。微卷的树叶，宁静的云朵，湛蓝的天空，悠远的蝉鸣，都如同浅浅的水，漫过我心里的堤坝。回首那些逝去的夏日午后，留在我记忆里的感觉是一阵轻盈的风。那样的轻柔、温和，仿佛入口即化的棉花糖。

　　小时候我住在农村。我父母都有午睡的习惯。吃完中饭后，他们就拖着脚步上楼午睡了。楼下往往只剩我与大花猫。我一直不曾有午睡这个习惯。不久，楼上传来父亲的呼噜声。在午后，他的呼噜声让我觉得特别宁静。门口微卷的杜仲树叶，枝叶间传来的密集的蝉声，停在柴垛上的蜻蜓，一切的一切，仿佛都放慢了脚步。不久，花猫也困了。它或找个阴凉的地方呼噜大睡，或跳到我的腿上，往我怀里钻。它"喵"了一声，很快就打起呼噜来。屋外风起，世界突然变得更加安详。

　　后来，我家养了鸡，夏日午后的景观更丰富了起来。公鸡躲在树阴下，"谷谷"地叫着，母鸡用尖锐的爪子刨着泥土。地上很快出现了一个坑，母鸡就在坑里缩成一团，它要么眯眼打盹，要么转过头去打理翅膀

166

上的毛。

上学后，我很少能享受到这样宁静的午后时光。午睡的铃声一响，我们就飞快地跑进教室睡觉。我将头埋在臂膀里，然而始终没有睡意，只能无奈地期待时间过得快些。我与许多心怀鬼胎的同学一样，在抽屉里摊了一本小说，在值日班干部的眼皮子底下偷偷看小说。我们在这过程中练就了耳听八方的本领，但也经常难逃老师的"魔爪"。我们学校经常出现学生因不午睡而被罚晒太阳的情形。这样的午后令人多少有点胆战，但遗憾的是，我的睡意总是无法在夏日的午后出现。

班主任加紧看管后，我再也无法偷偷看小说、喝可乐。聆听蝉鸣成为我的最好选择。教室的窗外有三棵高大的杨树。每到夏天，参差不齐的蝉鸣便纷纷扬扬地散落下来，如同纷纷坠下的雨滴。蝉鸣时而高亢，时而悠扬，时而缠绵，时而短促，让我觉得是某位大师的得意演奏。一旦沉浸在大自然的神曲中，时间的溜走便也稍显快速。在各种与午睡时间的斗争里，我的读书时光如同奔跑的野马一般快速前进。

我的午睡时光在高中毕业后停止了脚步。整个大学，我几乎没睡过一次午觉，工作后便更甚。那些轻如蝉翼的时光，永远如轻纱一般飘摇在我心底。

被梦想浸润的岁月

　　小时候的梦想，大约有一些幻想的成分。我刚上小学时，武侠剧风靡一时。武侠剧里那些飘飞的身影足够让我憧憬。他们的绝世神功，他们传奇的经历，他们来去无踪的潇洒，都成为我们的向往。

　　每看一次电视，我当侠客的梦想就坚定一分。

　　于是在看完电视后，到村口的竹林砍来一根竹子，央求大人削一把宝剑。当时与我同样有侠客梦的人不在少数。我们都不约而同地想到了用竹子做宝剑，然后又异常默契地决定到村口的竹林里"切磋武艺"。

　　我们拿着自制的剑，在竹林里打得不可开交。我的邻居小 A，为了模仿侠客从天而降的样子，常常爬到一棵柿子树上跳下来。

　　有一回，他照例爬到树上为我们演绎侠客的英姿。由于演绎不慎，崴了脚，导致他相当长一段时间都很沮丧。

　　后来，我们一群小伙伴觉得不应该一味地模仿，而应该切实提高自己的技能。小 A 不知从哪里听来一个秘方，说拿沙袋绑在腿上跑步，每天加重沙袋的重量，坚持四十九天就可以练成轻功。

这个消息让我们震惊良久，并且连夜开始赶制沙袋。第二天，我和所有小伙伴一样，天才蒙蒙亮就到竹林里"练功"。我们绑着沙袋，在竹林里跑了好几圈，到最后气喘吁吁，躺倒在地。从那天开始，我经常要奋力往上跳，因为我们要检测自己是不是练成轻功了。我们第一次感到追梦的充实和愉悦。

此后的几天，我们天天绑着沙袋奔跑，我们总期待自己在哪个时刻，突然就能悄然飞上屋檐，或能在空中来去自由。没想到练了二十来天，我们由于腿酸脚痛，几乎动弹不得。家人知道之后把我们数落了一通，说电视里的都是演的，那些演员在现实中也一样飞不起来。

我的侠客梦在之后的不久终结了。此后相当长一段时间，我进入无梦想状态。

梦想当作家是我读大二那年的事。我读的是三加二五年制专科学校，大二也意味着即将毕业。看了《钢铁是怎么炼成的》，突然被文字所牵引，突然开始憧憬，如果能将自己的思想和感情变成铅字，该多好。

我的生活因有了这个梦想而饱满。我频繁地出入图书馆，看各种书。久了之后，思想和情感都蠢蠢欲动。于是跑到网吧，跑到有电脑的同学的宿舍，在夜深人静时敲打自己的心绪。

那些日子，渴望发表的念头异常强烈，文章还未写好，心里已经在憧憬发表后的情形。但事实总是梦想的背面，我的稿子一次次石沉大海。

也就是那些日子，我结识了许多文友。在投出的稿件石沉大海后，我们互相鼓励，互相温暖。不停地期待，不停地写稿，不停地投稿，不停地失望，然后不停地自我反省。那些日子如同黑色剪影，稠浓而沉重。

当梦想有了一种急不可耐的情绪后就容易陷入偏执。在写了一段时间后，我对发表文章表现出前所未有的期待。我像一个急于求成的武士，到处求师，到后来大有病急乱投医的味道。

在我处于崩溃边缘时，当地的报纸发表了我的处女作。我简直无法形容当时的心情，觉得眼前出现万丈光芒，整个世界都变得亮堂。

那一瞬间我突然明白，自己的梦想也许不会再改变，也明白所有的坚持都是必须的。

后来，我陆续发表了几篇文章。我不是说自己离目标越来越近，而是庆幸自己一直走在梦想的路上。

前段时间，我到横店影视城采访了几位横漂演员。他们都是拥有梦想的人。有的曾经是商人，有的曾经有稳定工作，但他们无一例外都放弃当下所有，毅然迈上梦想之路。

有一位演员曾跟我说："走在梦想的路上，是幸福的，因为这样的日子充实。"

我回忆自己走过的路，确实如此。我们也许不同的时期有不同的梦想，有的实现了，有的无法实现，又有的兴许只是心血来潮，但那些浸润在梦想中的岁月总归是迷人的、饱满的。而一直走在梦想的路上的人，无疑是幸福的。

春晨的时光盛宴

春夜苦短，时光恬淡。酣睡还未尽兴，东方已经泛起鱼肚白。春晨，周遭潜伏着温暖而湿润的空气。

麻雀的声音在这时传入我耳中。"啾、啾"，清脆得如同玉盘里珍珠的滚动声。"啾啾啾啾"，那声音如同一串风铃声，一会儿在这片树丛中飘荡，一会儿又在那片树丛中摇晃。那声音一会儿像河水淙淙，一会儿又像泉水叮咚，一会儿像急促的雷阵雨，一会儿又像雨后的余韵。麻雀确实有些古灵精怪。不然，它为何频频摇动那"一串串风铃"，不然为何让"风铃声"如此飘忽不定?

比起麻雀的单纯、欢跃，画眉的声音就显得成熟、妩媚了。它就像大角出场，声音成熟且变化多端。它的声音时长时短，或粗或细，一会儿急剧，一会儿舒缓，时而高亢，时而低沉。如果说麻雀是稚嫩的新生代歌手，那么画眉就是老成的大腕儿。它不会让自己的声音飘忽不定，但它的大气磅礴与丰富多腔足以俘获我的心灵。画眉的鸣叫声让我想到向日葵，在春天的早晨，我的脑海里总是开满鲜艳的向日葵。

171

人们起床了，街巷间突然鲜活了起来。人们踩踏木楼梯发出的"吱呀"声此起彼伏。人们长长的哈欠声是新一天开始的号角。之后，我听到了连绵不断的"哐当哐当"的开门声。我们村的开门声总是从村口开始响，一直蔓延到村尾。人们当然没有经过排练，但我总认为这是一场仪式。

　　一天就这样开始了。人们端着牙杯，开始洗漱。他们把嘴里的水弄得"哗哗"响，然后喷出美丽的水花。尔后，男人开始捣鼓农具，准备把清晨时光交给田野。女人开始张罗早饭。锅、瓢、碗、筷的声音在早晨的空气里交织着，咣咣、叮叮、铛铛，响成一片。

　　之后不久，我便能听到妇女们的轻喊，"早饭做好了，来吃饭喽"。我知道，她们此刻正在村口的小路上呼唤自己的男人。若遇上邻居，她们便会毫不犹豫地数落自家男人，"一大早瞎忙活啥，叫吃饭也听不到……"话虽如此，脸颊上绽出的笑容却是温婉的。

　　终于，男人回家，老少起床，大家一起吃饭。一年之计在于春，饭后，还有好多农活排队等着。太阳升起来了，村庄终于安静下来。清晨的时光盛宴，次日再续。

春肥秋瘦

这夜凉得出奇，看日历，才惊觉立秋离我而去已近两个月。难怪天地间空旷得厉害。已是深秋，农民们早已收了田里的庄稼，摘了树上的果子，田野几乎一夜间变得空空荡荡。

除去人为的，大自然也似一只手，捋去枝头的叶，除去地上的草，唤走空中的燕，收起喜人的闹。

秋着实是一个渐渐空旷、渐渐静默、渐渐内敛的过程。孕育好的庄稼进了粮仓，结好了的果实上了市场，莺歌燕舞花红柳绿也慢慢散场。秋是一位久经风雨和沧桑的老者，深藏功与名。

我喜欢的另一个季节春天，则恰恰相反。它是一个逐渐丰盈的过程。长了草，茂了叶，原本寂寥的空间变得满满当当。地面、枝头、空中，都日渐饱满。蛙鸣鸟啼，风吹万物长，好不热闹。

人生，当然也有这般过程。年少时，喜欢不断往身上添枝加叶来证明自己的成长。喜欢无中生有，喜欢把小说大，把大说得更大。也喜欢吹许多瑰丽的泡泡把自己罩住。即使泡泡很快便会在阳光下消散又怎样？那是宁愿昙花一现也不愿默默无闻的年月。

那时期的我们，无论生活中多么平凡，酒桌上都是英雄。话语里自己无不拥有跌宕起伏的人生和轰轰烈烈的事业。二十出头的年纪，仿佛已有二十几个世纪的阅历。酒后递过的名片里，个个都有头有脸，可上天可入地。

大学时的一位老师，曾跟我们提起钱钟书的名片，说名片上只有钱钟书三个字。当时茫然，如今才知这是释然。

有一句话在微信朋友圈里出现得很频繁，叫"人淡如菊，心素如简"。如今发现，这似乎是秋的写照。

几年前认识了一位退休老师。他其貌不扬，说话温吞，但由于我们性格相近，趣味相投，后来成为好朋友。再后来他成为我的搭档。接触了许久，才发现他原来还从事过经商。能写作，懂医术，会裁剪，善器乐，还写得一手好字。退休后学过车床加工，也当过农民。但他跟我见面时只说了一句"我是一位普通的退休老师"。

人到中年，心态度有所改变，似七月流火，如秋风渐紧。以前喜欢表面的惊艳，如今却喜欢深层的积淀。以前喜欢锋芒毕露，如今更喜欢韬光养晦。以前喜欢重口味，如今愈加喜欢清淡。

从春天到秋天，是一种经验，更是一种历炼，这过程，改变的是心境。

秋天来得并不容易。它的到来无法避开春的枝繁叶茂，也无法避开夏的喧嚣热闹。秋是只有经过春天与夏天才能到达的高度。

春肥秋瘦，也许我们很容易胖起来，却很难瘦下去。前者或许只需要时间，后者却需要修炼。

如果可以，不妨学学秋的精神。

村庄是无声的花朵

村庄，是绮丽在山峦间的花朵。那些曲折而逶迤的小径，就是缠绵的花藤。我总是沉醉在这样的联想里不可自拔。以至于我每次行走在小径上，就觉得自己行走在花藤上；每走进一个村庄，就觉得自己走进了花心。

从小到现在，我路过无数个村庄，遇见过无数的村民。那些村庄就像散落的花朵，毫无规则地分布在我走过的路上。总有那么几朵花令我久久不能忘却。每一次靠近它，我的心跳就不由自主地加快。

那是一个叫木棉塔的村庄。光听名字，我的眼前便已经出现了一大片一大片火红的木棉。事实上，那里并没有木棉，但是那蜿蜒的小径、低矮的民房、亲切的乡音总是令我魂牵梦绕。

蜿蜒的小径是一条输送带，把我缓缓地送向那个温情的村庄。绕过一个弯，低矮的房子忽然出现在我眼前。房子清一色的都是青砖黑瓦，它们依附在山坡下，宛如一群正在取暖的老人。那么恬静，那么安详。

很多次，我独自行走在木棉塔的那条石子路上。馥郁的青草味、潮湿的泥土味和动物粪便的气息随风灌入我的鼻孔。这就是真正的尘世，我那么活生生地行走在尘世里。那一刻，我是幸福的，因为我被生活的气息所拥抱。

这里的土地异常平整，也异常玲珑。那些随意镶嵌在山坡上的土地，就像母亲打在我们衣服上的补丁。那么随意，却又那么妥帖。平缓的山坡，因为土地的存在而且显得生机勃勃。那些黄了一茬又一茬的庄稼，应该是山坡四季变换的衣服吧。

我喜欢那些带着泥土味的村民，喜欢他们脸上被岁月刻画之后的痕迹，喜欢他们被青草味浸润的声音。他们躬身耕作的身影，是一幅幅优美的山水画，以山坡为背景，以他们为主角。我知道，我永远不会忘记他们慈祥的笑容，不会忘记他们随时为陌生人准备好的一杯茶水，也不会忘记他们酒后天南地北的闲聊。

其实，那就是我的家乡。

那是一个多么安详的村庄。缠绕在墙角的高压线、依附在山脚的房子、曲折在田间的小路，这些注定成为我记忆中永垂不朽的画面。

村庄，是我的起始，也将会是我的归宿。一路上，我不停地遇见它们，然后又不停地和它们告别。但无可否认，有些村庄会一直留在我的脑海里。以至于，我一旦闻到它们的气息，内心便伤感如潮。

挫折是人生的重启键

从公司到家很近，直走一段路，右拐进入一条巷子，尽头便是。拐弯处刚好埋着电缆，所以用两块水泥板铺着。两块水泥板一新一旧，新的还保留着刚生产出来的迹象，旧的却如耄耋老人，在时光里垂垂老去。终于有一天，旧的水泥板弯了腰驼了背，离寿终正寝的日子不远了。

几天后的早上，我开车从家门口出来，发现旧的水泥板周围垒着几块断砖，那是人们提醒过往车辆小心陷入井里。

又过了几天，破旧的水泥板被替换，刚出产的水泥板赫然就位。这下，新人换旧人，原来新的那块显得旧了，而原来破旧的地方却焕然一新。

我想，那块破旧的水泥板不会想到后续有这么荣耀的时刻，原来那块较新的水泥板也不会想到自己的荣耀会这么快被代替。对那块破旧的水泥板来说，破灭，是另一种新生。

从我老家到公司要开半个小时的车。路的两边是墨绿色的山。几年前的清明节，人们因为祭祖时不小心，烧了好大一片山。之后，那片枯黄的灾林就那么尴尬地存在着，与其他的树林格格不入。对于一片树林来说，没有比不能展示生命的颜色更苦恼的事。

不久后，当地一农户提出承包这片灾林，村委会答应。那人承包后，砍掉枯木，把土翻了一遍，种上了桃木。两三年后，桃树长得有齐腰高了，春天过后一片茂盛，有的还结了果实。承包人在桃林的中间修了水泥小道，还引了一条人工小河。每当桃花盛开，前来赏花的人络绎不绝。人们在小径上行走，与桃花合影，与河水打闹。这里的风景出现在微博上，出现在朋友圈里。

对树林来说，火是宿敌。但灾难有时是机会的土壤。

我的同事小 A 是一位极富思想的人，对报社未来的发展，对版面的策划和设计有独到的见解。每次例会，他都直言不讳，对主管领导提出自己的想法。他的聪明是一种危险，对主管领导来说也是一种威胁。后来，他莫名其妙被离职了。小 A 大惑不解，整日精神萎靡。

其他几位同事安慰他，请他吃饭。一位比较年长的同事说："你郁闷什么呢？你该开心才对啊。我都要恭喜你了。"小 A 把嘴张得老大，问道："你恭喜我啥呀？"老同事说："你这么有思想有才华，却遇到了这么狭隘的一位主管，这是你的不幸。但是现在你摆脱了不幸，难道不值得恭喜吗？"他的话说得一席人鸦雀无声。小 A 觉得有几分道理，愁眉渐展。

果然，几个月后，小 A 打来电话，说自己到一家电子电气公司当董事长助理去了。听得我们心头一阵温暖。

每个人前行的路都不会一帆风顺，你碰到的每一个挫折和低谷，都是你重新出发的机会。

黑夜是希望的土壤

每年都有几场台风光临我的家乡。

我年少时随外公外婆住在山上。又一场台风来临，屋外的风一阵一阵地袭来，如一只翻云覆雨的手。台风的攻势一阵猛过一阵，轰隆隆地从远处奔来，仿佛要压倒一切、吞没一切。到后来，我几乎可以感觉到房子在颤动。屋顶响起沙沙声和噼里啪啦的声音。那是细沙碎石的移动声、断裂的树枝的掉落声。台风中的房子就像浪潮中的一叶小舟。

外婆点起油灯，嘴里不住地祈祷，台风啊，早点走吧，别再吹了。台风是间歇性的，似乎吹过一阵就要恢复下体力。每当一阵风来，外婆的身子就不住地打颤。那时我还小，但已经知道台风的恐怖。每当屋子抖动时，我心里就忍不住一阵绝望。

外公低声道，睡吧，别再点着灯了，明天醒来台风就走了。外婆没把灯灭掉，但显然没有更好的办法。台风肆虐的夜晚确实令人恐惧，但好在黑夜不会一直存在。

外婆又默默地祈祷了一番，终于合衣睡下，但她怎么也睡不着。我相信外公也睡不着，我们在做同一件事——等天明。

想到天总会亮起来，我心里的乌云终于少去一些。要是没有黎明，没有白天，心里的绝望该怎样释放。

在漫漫黑夜中，我们仔数着一分一秒过去的时间，似乎时间每过一秒，我们离恐惧就远一点。外公过一会儿就起来撒尿，每次尿完都要看一下手表。两点半了，再过两三个小时天就亮了。四点了，再过个把多小时天就亮了。他像是自言自语。其实他在在安慰我们，也在安慰自己。此刻，只有天明才能帮助我们走出恐惧和绝望。黑夜固然可怕，因为黑夜让我们只能把所有的恐惧装在心里。好在黑夜之后有白天，那么在黑夜里，我们所能做的，只能是满怀希望地等待。

有段时间我得了慢性结膜炎。先是左眼痒得厉害，然后是右眼。医生给我开了些药和一瓶眼药水。每天晚上我滴完眼药水就闭眼躺在床上，不再把眼睛睁开。我当然睡不着，但我逼自己闭着眼睛，我恨不得一下子就滑入睡眠深处，恨不得夜晚早点过去。因为我总觉得第二天醒来眼睛就没事了。在眼睛不舒服的那些日子，我每天都期待夜晚的到来，我渴望闭眼。我渴望黑夜，是因为渴望第二天天明。我把每一个夜晚都当作格子，并在里面存满期待。

我想，并不是我一个人这样。有一天，我和一位朋友聊天，她说身体不怎么舒服。我关切地问她要不要去看一下医生。她回复没事，睡一觉就好了。我相信那个夜晚肯定寄存了她的希望。

最近几年，我经常遇到一些在深夜喝酒的人。他们在大排档里狠狠地往自己的胃里灌酒。我相信一定有人是因为开心才这么干，但更多人是因为伤心。或因为工作，或因为家庭，或因为感情，他们说得最多的一句就是"没事，醉了睡一觉"就好了。他们很少在中午喝酒。他们不是把自己交给了酒，而是把自己交给了黑夜。因为黑夜会把他们带向黎明。

黑夜有时让人觉得恐惧，有时让人觉得孤独，但更多时候，黑夜给人希望。如果没有黑夜，希望该往哪生长。

火与脚

在暮色四合时分，磐安县双峰乡胡公庙前的场子周围已经围了许多人。场子中央，铺着一圈约三十厘米高的炭火。有些炭火已经红若桔瓣，有的还黑不溜秋，也有的半明半暗。如果此刻你是一只鸟，你一定可以看到胡公庙前场子上那个用炭火堆成的巨饼。

几位年过半百的村民正围着炭火干活，一个人拿着长三米多的铁耙子，把炭火往中间推，一个人拿着扫把，把铁耙子漏掉的炭火往里面扫，还有一个人拿着铁锹，把炭火往火堆中央锹。

火堆的面积在慢慢变小，高度却在慢慢生长。到最后，炭火成了一堆。此时，几乎所有的炭火都已经变红，且红得灼目。炼火即将要拉开序幕了。

胡公庙庙檐下静候多时的道场突然热闹起来，最前排穿桃红色衣服的妇女挥动鼓槌，富有节奏的鼓声在场子上跳跃起来。后排吹唢呐的，敲锣的也进入节拍，一瞬间，场子上唢呐声连天，锣声如雷，鼓声震荡。所有的乐音交织在一起，使整个场子的氛围变得肃穆又庄重，壮烈又激昂。

喇叭里传来主持人的声音："炼火队的队员们准备洗脚，炼火即将开始！"随即，一行光着膀子，穿着藏青色裤子，围着白色腰布的壮汉走出人群。人群热闹起来，并不是说人越来越多，而是每个人的心中都开始升腾起一种叫激情的东西。场子上走来四位老年人，他们各自把一捆长约两米的干竹片放在炭火旁，让竹片的一头接触炭火。

壮汉们回来了！人群像煮开的水一样沸腾起来。壮汉们脚底垫着黄道纸，穿着拖鞋，在胡公庙前面对面站成两排。我身后的人说，他们开始请神了。他说的神，就是火神祝融。一位长者拿出几张黄道纸点燃，在每位壮汉前画了个 U 型，其实是给壮汉们浴火。

请神毕，长者提着宫灯，拿着香，绕着火堆走，一行壮汉紧随其后。他们挺着胸脯，目光里有威严，也有庄重。绕了一圈后，领头的壮汉在火堆的东方站定，他双手端着净水碗，像瞄准似的往前方看了看，接着把碗放下，双手手指交叉，边往后退边用某两个手指的关节在泥地上画了一串符咒。他再次往前方看了看，踩着符咒走回碗前，端起碗，喝了一口水，猛地把水往火堆上喷。随后，提着宫灯的老者在壮汉喷水的地方放了一张黄道纸。黄道纸瞬间被引燃，像一只火蝴蝶往空中飘飘而起。壮汉们跟着提宫灯的老者绕着火堆走了一圈儿，在火堆的南面站定。领头的壮汉又往前瞄准似的瞅了瞅。我突然发现，他的目光正落在火堆北边那位举着火把的老者身上，原来，这四位举着火把的老者站的分别处在东南西北的位置，是给他"定位"的。这时，身后传来一位中年妇女的声音，她说壮汉们这是在"开水火门"。火堆的东南西北，分别代表五行中的木、火、金、水。

一切完毕，壮士们在火堆的北边站定。场上如同交流会，热闹非凡，可不同的是，热闹里多了些敬畏、多了些神秘的庄重。

喇叭里再次传来主持人的声音："磐安县双峰乡炼火表演开始，请为壮士们助威！"在铺天盖地的掌声和助威声中，领头的壮士手端净水碗奔跑起来。他身材壮硕，脚步却如同轻飘的柳叶。他赤脚踏上了火堆，脚步在火堆中有条不紊、铿锵有力，似乎带有了火的力量和火的刚强。他从火堆上跑过，脚步在火堆南边的空地上站定、站稳。场子上惊叫声响成一片，似乎万箭齐发。第二位壮士来到火堆前，他手持铁锹，目光如火，火亦如他的目光。他浑身一震，接着迈开腿奔跑起来，脚步轻点，似蜻蜓点水。他在火堆上奔跑的速度不快，但步履轻盈，脚步与脚步间的切换快如缝纫机的针尖。又一位壮士在火堆前站定，同样手持铁锹，神色从容。奔跑，脚步紧张却不慌乱。每一位在火堆上奔跑的壮士，他们的脚步仿佛注入了火的力量，变得赤红而灼目，变得光华而耀眼。

壮士门从北往南踩了一遍后，排成一队，绕着火堆走了一圈。他们在火堆的西边站定。领头的壮士端着净水碗从火堆上踩过后，第二位紧接而来。他拿起铁锹，猛地左右开弓，掀起左右两大片火花。转瞬之间，火花升腾，壮士仿佛被火花所包围。他奔跑起来，脚步在火堆上闪耀。行至火堆的高处，他再次挥动铁锹掀起一大团炭火，这就是"带火"。场子上空顿时如烟花绽放，壮士好似披着火花奔跑的斗士，那个暗黑的身影在我心中登时闪起光来，像一匹火马，也像一个耀眼的太阳。炼火是磐安县双峰乡人传承了好几百年的民俗活动，源于先人对火的崇拜，源于他们对火神祝融的崇拜。此刻，我突然从这位壮士身上联想到了火神祝融的样子，身披火花，充满力量，一往无前。

现场的气氛达到高潮，掌声与呐喊声响成一片汪洋的大海。壮士们一位接着一位从火堆上踩过，他们的脚就是两团闪亮的火。

人们崇拜火，敬畏火，也征服了火，利用了火。在历史的漫长路途中，人与火相行、相持，或也相克。火不灭，正如人们的脚步亦不会停止。

时光柔软

时光是单行的列车，上了这车，便永不能回头。即使是硬着头皮，也还是得走下去。

在刚出发的时间里，我们总是欢欣雀跃，一路欢喜。这大概如我们坐车去春游，途中总是特别激动。

时光赐予我们少年时的不羁。那时，我们浑身有使不完的劲。在操场上飞奔，在赛场上驰骋。有张扬的个性和挥洒的激情。

那是一个感性大于理性的年月。我们可以因为梦想而奋不顾身，可以因为一时脑热说收手就收手，也可以因为所谓爱情而哭天喊地。

十八岁那年，朋友小 A 借了叔叔的摩托车。我们在宽阔的操场练了一下午后，觉得得心应手，于是载着同学在公路上飞驰。我后座的同学不时惊叫，还吹着响亮的口哨。由于我们的张扬跋扈，我们的第一次骑行以人仰车翻宣告结束。

的确，时间确实如此，让我们去欢笑，也让我们去思考，然后我们在时光里慢慢变得胆小。从那之后，我们再也不敢放肆地骑车。

前段时间，在闹市看到几位血气方刚的少年，骑着电瓶车横冲直撞。现在的电瓶车动力够好，载了三四个人还是身轻如燕。看他们摇摇晃晃地绝尘而去，恍然看到多年前的自己。也是这般年纪，也是如此放荡不羁。如今却陡然后怕，殊不知，如果父母看到那时的自己，会担心得怎样。

　　如今愈来愈能站在父母的角度去看问题，所以多年前的嗤之以鼻，总能变为现今的不令而行。以前，父母对我三令五申，比如要穿暖，夏天睡觉要盖住肚脐，但我总是我行我素。如今我反而经常给他们打电话，要穿暖，要记得带雨伞。

　　在时光的河流里，每个人都是石头，慢慢被磨去棱角，渐渐变得温润。有人说这是失去个性，变得中庸。事实上个性并不是玩世不恭、锋芒毕露，而是内在的执著与张力，是坚毅与坚韧。能被时光轻易带走的，往往不是真个性。

　　时光让曾经外显的，变成内在的。它慢慢褪下我们的浮华，尘埃落定；让我们变得越来越谦逊，越来越温和，越来越坚韧与执著。

　　多年前，我写过一篇文章，叫《成长是一个妥协的过程》。但事实上，时光给我们的不是妥协，而是让我们成为越来越好的自己。

一条长达两百米的小路

那段小路的起点是我外婆家，终点是离我外婆家大约两百米的一个晒场。

那时，我有一辆木制的小推车，它总在小路上撒欢。天寒地冻的时候，我从池塘里撬出冰块放在推车上，在小路上来往运输着。四个轮子结结实实地附在泥路上。升至柿子树梢的太阳融化了路面上的冰，小路被暖得心花怒放，浑身湿漉漉的，车轮子也变得水润。

我的目光总被轮子牵着走，我看着车轮子一丝不苟地碾过乌油油水润润的路面，看着轮子转过枣树旁的那个小弯，看轮子进入路中央的排水沟又重新爬上路面，看轮子越过柿子树底下那块总比路面高一截的石头。

一年到头，我推着车在小路上来回的次数并不少，沾它的光，我对这条小路稔熟于心。走出家门口，就已经踏上了小路。首先迎接我的，是小路左边的两棵高出我肩膀的茶树，一到正月，树上就齐刷刷地缀满茶花。与两棵茶树对应的，是一小方菜圃。夏天，菜圃里满是丝瓜、黄瓜、茄子、西红柿。然后，小路有了第一个右转弯。转弯处的路基经常塌方，罪魁祸首是牛蹄。然而过不了几天，就有人把塌方的地方补上，还填了许多新土，这一处转弯因祸得福，常常显示出新面貌。过了这个转弯，小路就像昂首走路的人，笔直了。直线阶段的小路风姿绰约，左边是地势渐高的丘陵，右边是两棵枣树。每到初夏枣树开花，这一截小路就被嗡嗡的蜂鸣所包围。告别枣树往前走，路的右手边是一块平整的地。玉米、麦子、白菜在这块地里轮流上阵。左手边是一棵高约五六米的柿子树，在有叶子的季节里，柿子树忠诚地投下阴影。柿子树底下的小路上，有一块凸出路面的石头。小孩子经常被它绊倒，但人们从没想过要取掉它。小路的直线部分在地头结束，它迎来了第二个右转弯。转弯处有一条寂寞的排水沟，除了在汛期发挥排水作用，它一年到头闲得慌。再往前走几步，村里的晒场赫然出现。

小路很忙，日日迎送到地里干活的人，它如摄像机，录下了所有村民的脚步，或许也记住了所有脚步的味道。农忙时节，人们到晒场上翻晒大豆、玉米、麦子、稻谷，小路俨然交通要道。

这个晒场是村里最大的，放露天电影的盛事非它莫属。每逢此时，小路更是忙个不迭。老人、小孩、男人女人，无一不在它的身上匆忙且撒欢。

下过大雨，路面的泥土被冲刷，人们就盛来一簸箕一簸箕的新土，把路面填好。哪里塌方，人们就运来石块，把路基重新筑好。

时间过去好久，这条乌油油的小路总在我的记忆里鲜活着。

然而，它消瘦了，像美人迟暮，像英雄白头。我又一次踏上了那条路，充满仪式感的。路的起点没变，终点没变，转弯没变，路中央的排水沟也没变，变的是细节，那些鲜活的细节已经风干。小路像一条被晾了好久的鱼，该在的都在，然而好多原本在的，已经流失。

在像浪潮一样涌过来的时间流里，小路佝偻了，腰弓背驼。还是从门口出发，路边的茶树一跃高过了一层楼，右边的菜圃里堆放着几截霉烂的木头，木头上长出了菌和青苔。菜圃的大多数地方被杂草占领，当初乌油油的泥土悄然藏身于草丛之中。来到第一个转弯，右边的路基高出路面一大截，不，路基没有长高，而是路面消瘦了。我看到了那两棵枣树，它们在我童年时就已经长到了不能再高的高度，这么多年来，它们不再负责升高，只负责苍老。其中一棵枣树往小路的方向倾斜，或许是受了台风的侵袭，或者是不堪岁月的重负，一副破罐子破摔的样子。告别枣树，目光迎上了那块长溜溜的地。地里留着一排排东倒西歪的玉米杆，半绿半枯的草在玉米杆之间恣意生长。有人砍掉了柿子树的树梢，柿子树只能横向发展，失去了纵向发展的力量。此刻，它正失落地蜕去一片片叶子，仿佛每蜕去一片叶子，身体就会舒服一些。树下的那块石头裸露出更多的面积，在小路中央兀自立着，显出一副狰狞的面孔。排水沟浅了不少，过不了多久，就会和路面持平了。也是，经过雨水的冲洗，路面已经矮得可以充当一条新的排水沟，原来就寂寞的排水沟显得更加寂寥。晒场已经失去往昔的繁荣，没人再把它的怀抱当作温暖的去处，空荡荡的长满杂草的晒场只能徒劳而尴尬地点缀着这个渐空的村庄。

那条小路在我的印象里一落千丈，然而在今年的国庆节前夕又不期然地冒出来。朋友打电话来问我国庆节烧烤的去处。不知为啥，我想到了那条小路。朋友欣然答应。

出乎我意料的是，来这条路上烧烤过的人居然不少，路边已经留有好多孔土灶。大家都因地制宜，挖掉小路靠丘陵一面的路基，左右各放一块条形石头，简易的土灶就塔成了。有的在路基上打两个结实的木桩，往木桩上架一根木头，用以煮铜罐饭或者烤土鸡烤羊腿。土灶边散落着速食品的包装袋。

一条小路变成一个半路出家的烧烤场，我有一种凄凄然的新鲜。我们在小路上忙碌起来，拾柴火，抬水，搭灶，准备食材，大家有条不紊，脚步在小路上来来回回反反复复。

搭好灶，生好火，把食材放上烧烤架，路边升起缕缕青烟。孩子们一边欢呼着，一边准备大快朵颐。小路上仿佛又灌满欢乐。

可以想象，那些人在烧烤时也一样的忙碌，也一样的欢愉。这条小路在沉寂好久之后又热闹起来。它迎接着来自不同地方的忙碌且欢愉的脚步，它的上方升起的袅袅炊烟好像它满意而无奈的微笑。

我恍然间想起小路的繁荣岁月，眼下的画面与以前的重合起来，影影绰绰，一下子分不清身处何时。

酒足饭饱后，我又留恋地把这条路走了一趟。茶树的树杈上倒插着易拉罐，菜圃里遗落着食品包装袋。路边的枣树和柿子树或许为人们提供过很多欢乐，在它们的收获时期，人们一定会爬上树，舌下生津地吃着枣子、柿子。也好，总比空荡的寂寞好。

小路继续消瘦着，路面越来越佝偻，佝偻得比路基低了许多，佝偻得越来越像一条排水沟。路中间的石子越来越显山露水，一颗颗都变得面目可怖。柿子树下的那块石头裸露出更大的面积，我终于相信，这不是一块小打小闹的小石头，而是一块深埋在地下的大岩石。那条排水沟已经与路面形成一体，人们再也不会知道这里曾经有一条排水沟——它很曾经很寂寞，现在连寂寞的资格也没有了。路边分布着各式各样的烧烤灶，作为路的一部分的东西已经远去，它正变得越来越不像一条路。晒场是烧烤的热门场所，留有许多孔大大小小形式各异的烧烤灶。曾经，这个晒场点缀着这个村子，如今这些烧烤灶点缀着晒场。

走完全程，我不知道心里盛着的是酸楚还是无奈还是悲戚。这条长达两百米的小路终于再一次心酸地热闹起来。

一把打火机的冷暖

　　我经常出入副食店。首先映入眼帘的总是香烟柜，柜子里有各种品牌的香烟。柜子上面一般摆着口香糖，毗邻口香糖的总是打火机。打火机的价格不贵，一块钱一把，最近几年也涌现出了高档的，两块钱一把。我经常光顾同几家店，当我需要买一把打火机的时候，老板总是说："算了算了，打火机嘛，你是老主顾，拿一把得了。"

　　有时随便走进一家店，借个打火机，老板总会大度地说："别还我了，送你吧。"路上向别人借个火，人家也总会一脸慷慨："行啦，我刚好还有一把，这把送你了。"有时候去新开的饭店吃饭，去 KTV 唱歌，总会获赠一把打火机。打火机上赫然印着这家店的名字，还有联系电话。一把小小的打火机，既实用又起了广告作用，真是一举两得。算起来，打火机真实廉价而寻常的东西。

　　打火机的廉价，似乎也决定了它的命运很漂泊。刚刚还在一双肥厚的手中，转眼可能就到了一双瘦削的手中。刚刚还呆在舒适的空调房，转眼就到了或烈日炎炎或寒风凛冽的街上。它的命运因主人的一念之间

190

而颠沛。对于一把打火机来说，所到之处都只是暂停。它在人与人之间颠沛流离，甚至在路上、在人们的脚尖前颠沛流离。"心安即是归处"，但对于一把打火机来说，似乎永远没有归处，更谈不上心安。

打火机虽然廉价常见，但对于需要一把打火机的人来说，打火机显得很重要。有一回，我回外婆家吃饭。外婆家用的是土灶，需要引火。外婆不用火柴已经好多年，她觉得打火机方便实惠。偏巧那天，打火机和她玩起了捉迷藏。她急得头上直冒冷汗："天呐，我居然找不到打火机了。早饭时我还用过呢。"她只得向邻居借火。这事儿说大不大，一个人哪能被一把打火机难住呢。但说小也不小，要是真没打火机，这火生不了，午饭泡汤了，一家人都得饿肚子。但打火机的兄弟遍布各地，你找不到一个，另外的决不会袖手旁观。所以，我们自然是没沦落到饿肚子。

有一回，我去千岛湖玩。上船时，安检人员没收了所有的打火机。待下船后，犯烟瘾的人不在少数，但手头又都没有打火机了。这时他们陡然纳闷儿：什么？找打火机居然成为我此时的头等大事？他们到处找人借打火机。但游客都没有打火机了呀，对，向景区的工作人员借。工作人员显然已经见惯了这样的场面，大多摆出爱理不理的样子。这时，就少不了敬他们一支烟了。景区工作人员这才乐呵呵地递过手中的打火机。打火机终于争了一回气：为主人赢得了一根烟。这在打火机的生涯里，怕算得上一件荣耀的事。

对于抽烟的人来说，这样的事不在少数。有时，他们搜肠刮肚，翻遍衣兜、皮包，愣是没找到打火机，那种焦急、抓狂的滋味恐怕只有当事人才能解。打火机总是很善良的，"众里寻他千百度，那人却在灯火阑珊处"。它或许躲在包包的角落里，或是在某个不被人注意的小口袋里。主人见了它，总是狂欢欣喜：好家伙，居然在这里。他点上一根烟，潇洒地吞云吐雾。他感谢的是烟的销魂，而不是打火机的"扑哧"一亮。

打火机或许是木讷的、不解风情的，但它从没懈怠，总是尽职地发出"叭嗒、叭嗒"的声音，哪怕已经弹尽粮绝不能为人们提供服务，但他依然"叭嗒、叭嗒"地应和，那意思恐怕是：主人，我还在。为此，它还是深得许多人喜欢的。有些人哪怕不抽烟，也会随身带一把打火机。

有一年深冬，我和同村的几位伙伴在路边等车。深冬时节，寒风似尖刀，冷意逼得人瑟瑟发抖。那时，我还没学会抽烟，也没带打火机。但一位年过半百的同村人带了。他提建议道："不如我们烧团火取暖？"此言一出，众人皆呼。在大冷天，哪有什么比一团火更令人兴奋。他于是找来一些茅草，一些枯枝末叶，一些木棒。经过打火机不遗余力地努力，火总算摇摇晃晃生起来了。火苗继而演变成熊熊大火。人们时而四处捡柴火，时而靠近火堆取暖。寒冷的一个冬晨，人们因为一堆火而欢欣鼓舞。

后来，我也学会了抽烟，几乎是打火机不离身，但却很少有机会让一把打火机在我身上寿终正寝。有一天，我点燃一支烟，无聊地把玩着打火机，陡然发现这把打火机居然弹尽粮绝了。顿时震惊不已，我居然把打火机用到没油了。我想，这把打火机内心肯定是愉悦的。因为它为一个主人服务到寿终正寝。你看，一把打火机，它试图用一生一世的勤勉来换取自己的一个心安，却显得那么难。

与每一份怨说再会

坐在机场的 KFC 里，恰好面对高大的落地窗。傍晚的彩云从矮矮的山头爬上来，慢慢攀上玻璃窗的顶端。玻璃外的过道上车辆来来往往，但这一切都很快与我无关。

这并不是一次完美的旅游，难以下咽的团队餐，步步为营的购物，让此次旅游大打折扣。时间推着我离开这座城市，上述的这些不美好居然被原谅。我看着慢慢坠落的夕阳，KFC 里忙忙碌碌的服务员，居然心生伤感。

看来在时间洪流里，有些不愉快很快就会被过滤，哪怕依然存在，也被蒙上淡淡的纱布存进过往。

我拿着登机牌走出 KFC，准备去安检。小艾突然出现在我视线里。他没看到我，我戴上墨镜准备往左拐，没想到脚步却直直地迎他而去。

Hi，小范，几点的班机？他挥舞着机票大步向我走来，像一位领导隆重出场。

六点半的飞机，还有一个多小时，我回答。

那还早，我们的班机时间差不多，先到外面聊聊。

小艾搭着我的左肩往门外走。

我们从这次旅游聊到自己的城市，聊到各自的工作，又聊到彼此的家庭，言语间全无疙瘩，就像一次准备已久的见面。

最后，我们握着手拍着对方的肩膀说，有空一定来我家乡玩，我请你吃饭。

他先我一步进入候机厅。看他慢慢消失在人群里，我情绪有些复杂。我们似乎都忘记了头一天下车时的不愉快，又好似双方都在刻意回避。我摸着还隐隐作痛的胳膊，那天下车时他推我的情景又浮在眼前。他是不是也还清晰地记得我恶狠狠的白眼和那句愤愤的"你赶着投胎"呢？

罢了罢了，我压下这些不愉快的镜头，朝他消失的方向挥了挥手。

我想，如果有机会去他所在的城市，我还真会给他打电话。

在飞机上，我想到一位亲戚。那是他人生的最后一段时光。不知道因为病入膏肓还是良心发现，他开始喋喋不休地忏悔。说自己曾经对隔壁邻居出言不逊，对朋友说了谎，对妻子不够体贴不够宽宏大量。最后说到自己因为和邻居闹矛盾拔了他家的秧苗，因为和朋友吵架在他家的锁孔里塞了碎纸。

他忏悔了几天几夜，做过的坏事简直可以整理成一本厚厚的《忏悔录》。

最后他走了，留下我们一堆人感慨唏嘘。

生前的很多执念，变成他临终时的愧歉。

的确，时间之河奔涌不息，当我们是一朵浪花时，觉得彼此的碰撞和攀比很重要，但置身河流之外，就会发现这一切都是小孩子过家家的小打小闹。

飞机经过城市上空，下面一片灯火辉煌。高大的楼房缩小成火柴盒，宽阔的道路萎缩成丝带，行色匆匆的车辆像虫蚁般缓缓爬行。

可以想见，在这个城市里，一定有人因为一间房而心怀怨恨，有人因为一个店铺而耿耿于怀，有人因为职位薪水而满腹牢骚。也可以想见有人正在面红耳赤，有人正在恶语相向，有人正在指桑骂槐含沙射影。

在几千英尺的高空，忽然觉得一切怨都是庸人自扰，都是扔出一颗石子后发出的回响。如果上帝真的存在，他是不是也在嘲笑这些凡夫俗子的作茧自缚。

在声色犬马的名利场，每个人都握着自己的利益小心谨慎，甚至因为这点利益草木皆兵奋不顾身。如果我们站得高一点，看得广一点，就会发现这是一场自导自演的虚无和徒劳。

如果让心轻一点，那么快乐是不是会多一点？

栀子

一

我倚着老屋子的侧门门框，双手交叉在胸前，目光里是藏不住的青春桀骜气息。我抬头，漫入我眼帘的，是层层叠叠的爬山虎。深绿色的叶子齐刷刷地朝下，却是满脸的不驯。把目光平放，看到的是一棵高我两倍的棕榈树。棕榈树的表皮被剥掉了，剩下棕红色的苗条的枝干，宽大的叶子在枝头交织成巨伞的形状。

就在这时，一阵浓郁的香气闯入我的鼻腔。这味道比香水还浓烈，似有一股挡不住的霸气。这样的香味肯定来自花。我放眼四望，在十点钟方向看到了一棵叶子碧绿的灌木，树上开着白得妖艳的花。这是我第一次见到栀子花。奇怪，这棵树存在的年数并不少，我却是第一次关注它。世间之事大概都如此，越在身边的越不在意。

在我注视栀子花的时候，它的香气又袭来，一阵一阵的，像夏季夜晚的风，虽不猛烈，却不屈不挠。栀子花的香味灌满我的鼻孔，浓烈得像青春的大好年华，炽热得让人忍不住血脉贲张。这种气息正如我身上刚强激昂的青春气息。也许正因如此，我在那一个傍晚，把栀子花深藏进心里。栀子花，栀子花，我在心里默念。这群白色的天使，纷纷扬扬踏入我的心里。

二

那年我读初二，浑身都被燥热的叛逆因子包围。班主任天天在耳边念叨："很快就初三了，这是很关键的一年，这一年决定着你们是不是能考上重点，是不是能考上好大学，是不是能找到好工作。"他给我们塞了太多的未来和梦想，让十四五岁的我们一会儿手足无措。

青春期的叛逆因子时不时就会发一场海啸。尽管有繁重的学业，有老师和父母的尊尊叮咛，但那时的我们一如炽烈的栀子花，不发出馥郁的香味似乎不会罢休。打架、斗嘴、青春期的躁动一出接一出在我们身上上演。

未来还很远，何必急在当下。未来的路有很多条，何必固执于学习。这是我们很多男孩子的心理。老师盯着我们几位比较活跃的男生倍感无奈，家长也不堪其扰。

周五回家，又一次倚在侧门。过了一个星期，栀子花依然开得很旺，全然不似春花这般短暂。栀子花的香气依然一阵接着一阵地涌入我的鼻孔，灌满我全身的细胞。整个人仿佛鼓胀起来，仿佛充满气的热气球，随时都会升空。

虽然还没形成全面的世界观价值观，但也已经开始规划自以为的人生。想到同村同龄的已经在打工的兄弟，想到已经考上重点高中的学长，心里浪潮起伏。

三

村里的栀子花并不多，除了我家有一株，村口有几株，几乎找不到它们的身影。

门口的栀子花又开了一年，我迎来了人生首次大考——中考。在初二那年浪费了许多大好年华，好在我底子还不错，考取了当时颇为热门的师范类大专院校。报考它的原因实在有些可笑，居然是为了少读两年就可以获得大学文凭。

我以为在金华不会看到栀子花了，殊不知校园里栀子花还不少。到了五六月份，栀子花开始爆发积累了一年的能量。花的味道似乎更加浓烈，更加强势，一阵阵侵袭着我的肺腑。我总觉得这花香与先前在家里闻到的有所不同，这里的花香是不是更热烈？是不是更香得让人晕眩？我不得而知。

我忽然发现同学们都安静下来了。我们不再沉迷于对未来的无限幻想，也不再把满腔的鸡血寄托在未来。我们不再因为一句话吵得面红耳赤甚至大打出手，我们不再那么棱角分明锋芒毕露。是因为懂事了吗？还是妥协了？就像对栀子花的香味何以变得这么刺鼻一无所知一样，我对自己对同学们的变化也不得而知。

我们会隔三差五到操场上打打篮球，时不时到网吧上上网，偶尔到图书馆看看书，还会在落幕时分到学校的小公园约约会。

一切似乎都慢下来，静下来。

四

任何事物或许都一样，在一个地方相见，就会在许多个地方相见。从前以为只是唯一的事物，到头来发现比比皆是。

我所生活的小城里居然有很多栀子花，尤其是县第二中学，操场的四周都是栀子花。每到夏天，栀子花的香味绵延数里，在很远的地方就能闻到。越上了年纪，似乎越觉得栀子花的刺鼻难忍。我不禁想起第一次在老屋侧门看到栀子花闻到栀子花的情形，那时的栀子花，香得刚刚好，刚好适合我鼻腔的接受范围，也许是正符合我当时的年少轻狂吧。

每天下班回家，都路过那片栀子花。白得耀眼，白得刺目，香得过分，香得刺鼻。我夹着公文包，在栀子花边慢慢经过。时光河流里的栀子花交错着在我脑海里闪过，侧门口香得刚刚好的栀子花，大学里香得令人晕眩的栀子花，此刻香得让人刺鼻且想吐的栀子花。等所有的栀子花在我脑海里排队而过，我陡然发现自己的年华已经像东去的江水一样一发不可收拾。细数我遇到过的栀子花的过程，居然已经淌过了我从年少到年长的时光。我不由得暗自欣喜又暗自落寞。

有一天洗漱的时候，仔细地端详起自己来，规规矩矩一个月理一次的头发，笑起来略带皱纹的眼角，过两天不刮就茂盛无比的胡须，它们提醒我，对于栀子花的喜爱已经慢慢远去，我再也找不回当时站在侧门时的我，也找不回那时刚刚好的花香。

五

有一阵子，我女儿经常从梦中惊醒，然后哭啼不止。一次又一次，像调了闹钟般有规律。我母亲惊慌失措地赶过来，摸摸我女儿的头，又摸摸她的掌心，一脸担忧地对我说："我看她八成是受了惊吓了。"她对我说："你明天去药店里买些山栀，我给她压压惊。"什么是山栀？我问道。太太在一旁说："你傻不傻？山栀就是栀子。"

第二天我从药店买回栀子，顿时傻眼了。栀子是栀子花结的果，椭圆形，呈红棕色，和栀子花全然没有相似之处。白得那么晃眼，香得那么热烈的栀子花，结的果居然这么低调朴素。

母亲用面粉、蛋清、栀子等东西调出了一个软软的面团敷在女儿的脚掌上，并用纱布绑了起来。说来也怪，女儿第二天就不哭不闹了。

看着呼呼入睡的女儿，我脑海里纷乱如麻。又一次想起白灿灿的栀子花，鼻尖似乎还泛起了那浓郁的花香。我对栀子花的热爱和迷恋已经埋葬在过往轰轰烈烈的岁月里，终结在这几颗其貌不扬的栀子上。也许我再也提不起精力或再也无法有机缘热爱它。过去的终将过去，未来的不会再来。看着桌上剩着的几颗山栀，我突然觉得它们分外可爱。

活进旧时光

那时，我正坐在去县城的车上。抬头间，一个约摸八十来岁的人已经上了车。我旁边的位置恰好空着，又是离车门最近，他毫不犹豫地坐了下来。

他时不时地转头看我，看得出，他此刻很有讲述的欲望。他终于开口了。

当年解放军住在我们村的时候，我还很小，他们总是表扬我有胆量，夸我有主张，有计谋。年少的我特勤快，劈柴、放牛、割草，样样都会。一天，我干活回来，刚好一个解放军路过我家门口，他问我愿不愿意入伍，我当然是满口答应。

你可以想象，他滔滔不绝地讲述自己入伍经历的样子。他说，打仗很激烈，子弹就从我头上擦过。但是我毫不惧怕，因为我知道，子弹呼呼响的时候还离我很远，如果等到嗖嗖的声音响起了，那你就得注意了。

车上的人已经表现出不耐烦的样子，有的人甚至直接表达了自己的厌恶，说，现在都 2011 年了，用不着你去打仗了。

他沉默了一下，指着窗外说，你看，就是前面那条山岗，我们曾经在那里和国民党打过一场战。说完，就是一大段的沉默。我可以感受到，他在尽量地压抑自己。我说，你继续说吧，挺有意思的。不说了，不说了，他喃喃，你们估计都讨厌我说那时候的事。人老了，总是喜欢活在过去，喜欢活在记忆里，他说。我的胸口忽然掠过一些酸涩。说实话，在刚才的时间里，我并没有当好一个倾听者。

这让我想起我外公的一个朋友。每当我去他家玩的时候，他总是对自己的过去滔滔不绝。有一个故事，他足足跟我讲了三遍。

他年轻的时候，曾经和朋友们一起去贩盐。当时正值春天，阳光明媚。他穿了两件厚厚的衣服从家里出发了。他一出现，就被两个朋友好好地嘲笑了一番。朋友说，你这是去过冬吧？他笑而不语。到目的地的那一晚，天气突然返寒，当天晚上就下起了雪。第二天起床，路上已经铺满了厚厚的雪。因为出门前穿的衣服多，所以他现在安之若素。他的两个朋友则躺在旅馆里不敢起来了。最后，他先把盐挑回家，给两个朋友把衣服送去，三个人这才一起回了家。他笑呵呵地说，那两个朋友到现在还记得他。

他总是跟我讲那些泛黄的时光里的事儿。曾经的侠义心肠、曾经的花前月下、曾经的颠沛流离。

他并不仅仅对我一个人说那些散落在时光里的故事。但并不是所有人都像我这么认真地倾听。他们大多数人会说，那是过去的事儿了，还提它干什么，现在都二十一世纪了。他们不知道，不久后的他们也会走进旧时光。他们也没有想到，有一天，当他们向别人讲述那些旧时光的时候，别人也会说，那是过去的事儿，提它干吗呢？

不可避免的，我们都会走进旧时光，都会向别人讲述那些发生在我们身上的故事。因为那些故事证明我们曾经那么轰烈地存在过。所以，请在别人讲述旧时光的时候，少一些嘲讽，多一些理解和倾听。